この素晴らしい世界に祝福を！スピンオフ

この素晴らしい世界に爆焔を！
めぐみんのターン

暁 なつめ

角川スニー

18631

気になるあの町の情報を強力発信!! 第1回

"紅魔の里"不滅目録《エターナルガイド》

文・写真／あるえ

観光施設案内

魔王も怯む我らが紅魔の里には、素晴らしい観光スポットが盛りだくさん。
道中、強い魔物に出会うこともあるから、気をつけてお越しくださいね。

▶願いの泉

斧を捧げると金銀を司る女神を召喚できたり、コインを投げ込むと願いが叶う聖なる泉。

▶聖剣が刺さった岩

抜いた者には強力な力が与えられると言われる、伝説の剣が刺さった岩。

▶大衆浴場『混浴温泉』

管理人が、クリエイトウォーターで水を足し、ファイアーボールを撃ち込んで温めるダイナミックなお風呂。

▶喫茶店『デッドリーポイズン』

店名もさることながら味も逸品。武器店『ゴブリン殺し』などこの里にはコアなファンが多い店がたくさんある。

ここに注目!

紅魔の里にはアークウィザードの英才教育機関が存在するの。そこで学ぶ未来のアークウィザードを紹介しよう。ひょっとしたら魔王を倒す逸材がこの中からでるかもしれないね。

紅魔の里の学校の席順

廊下 ／ 出入口

ふにふら　生徒C　生徒B　生徒A　ゆんゆん　めぐみん

ねりまき　どどんこ　さきべりー　かいかい　あるえ

ふっちん　教壇

窓 ／ 校庭 ／ 窓

"紅魔族随一の天才"生徒に直撃インタビュー!

そうです。
私が"紅魔族随一の天才"です。
私が目指すのは"最強"。ちっぽけな上級魔法には興味がありません。

全てを見通す展望台
『バニルミルド』
霊峰『ドラゴンズピーク』
魔神の丘
養殖場
女神が
封じられた地
地下
格納庫
邪神の墓
謎の巨大施設
願いの泉
聖剣が刺さった岩
猫耳神社
学校
ぶっころりー宅
魔力供給施設
めぐみん宅
農業区
大衆浴場
『混浴温泉』
族長宅
集落
商業区
グリフォン像
モンスター
博物館
武器店・喫茶店

この素晴らしい世界に爆焔を！

CONTENTS

プロローグ

「『エクスプロージョン』！」


深くフードを被《かぶ》った人が、静かな声で魔法《まほう》を唱えた。

その静かな声とは対照的に、放たれた魔法の威力《いりょく》は凄《すさ》まじかった。

轟音《ごうおん》が空気を震《ふる》わせ、熱を伴《ともな》った突風《とっぷう》が吹《ふ》き荒《あ》れる。

私を追いかけていた大きくて黒い獣《けもの》が、なす術《すべ》もなくそれに吹き飛ばされた。

膨大《ぼうだい》な魔力《まりょく》が込められた魔法による影響《えいきょう》はそれだけに収まらず、私の神聖な遊び場は破壊《はかい》し尽《つ》くされ、せっかく見つけたおもちゃも何処《どこ》かへと消えてしまっていた。

全《すべ》てを薙《な》ぎ払《はら》った圧倒的《あっとうてき》な力。

他《ほか》のどのような魔法でもありえない破壊力。

たった一人の魔法使《まほうつか》いが、たった一撃《いちげき》でこれだけの大破壊を引き起こした。

今の魔法はなんだろう。

里の大人があんな凄《すご》い魔法を使ったところを見た事がない。

フードの人は、呆然《ぼうぜん》と立ち尽くす私の下《もと》へと歩いてくると。

「大丈夫《だいじょうぶ》？　怪我《けが》はない？」

フードの人は屈《かが》み込み、私の顔を覗《のぞ》き込んできた。

野暮《やぼ》ったいローブで体を隠《かく》しているのに、屈み込むだけで大きな胸が強調されるのが分かった。

……凄い。

さっきの魔法も凄かったけど、こっちはもっと凄い！

「どうしたらお姉さんみたいになれますか？」

お礼の言葉よりも、咄嗟《とっさ》にそんなセリフが口をついていた。

最近お母さんに言われた言葉が、頭に焼き付いて離《はな》れない。

『うちは代々慎《つつ》ましい体の家系だから、あなたも早めに諦《あきら》めるのよ』というあのセリフが。

私は諦めない。

最後まで、絶対に諦めない。

そんな想《おも》いを内に秘《ひ》め、拳《こぶし》を握《にぎ》りながらフードの人の凄い部分をジッと見ていると……。

と、私を見て、フードの人がふふっと笑った様な気がした。

お嬢さん、お名前は？

めぐみんです

…………。

暫《しばら》くの沈黙《ちんもく》を経て、お姉さんがおずおずと言ってくる。

「……あだ名かしら？」

「本名です」

再び沈黙するお姉さんは、やがて、気を取り直した様に言ってきた。

「ええと、どうしたら私みたいに、だったわね？　そうね……。たくさん食べて、たくさん勉強して、大魔法使いにでもなれれば、きっと……」

大魔法使いになれば、巨乳《きよにゆう》になれる。

大魔法使いになれば、巨乳になれる！

「そう。大魔法使いにでもなれれば、いつかきっと、今の魔法も使えるわ。でも、この魔法はあまりオススメしないわよ？」

フードの人が何かを言ったけれど、既《すで》に私の頭の中は大魔法使いになる事でいっぱいだった。

「それにしても……」

フードの人が、大魔法使い大魔法使いとぶつぶつ言っている私の頭に手を置きながら、辺りを見回した。

「ねえお嬢《じょう》ちゃん。あなたの他に、ここに大人の人はいなかった？　そこのお墓の封印《ふういん》を解いた人がいるはずなんだけれど……。封印の欠片《かけら》がここにある訳だし、自然に解けるはずはないのだけれど……」

フードの人が、首を傾《かし》げながら足下《あしもと》に落ちていた私のおもちゃを拾い上げた。

「まだそう遠くには行っていないはずなんだけれど、一体誰《だれ》が私を解放してくれたのかしら。……まあいいわ、あなたに聞いても分からないわね」

フードの人はそう言うと、先ほどの魔法で作った大きなクレーターの真ん中に歩いて行く。

そこには、黒い獣が荒《あら》い息を吐《つ》いて瀕死《ひんし》になっていた。

フードの人は、黒い獣の頭に手を置くと……。

「もう少しだけ眠《ねむ》りなさい、我が半身。あなたが目覚めるには、この世界はまだ平和過ぎるから……」

そんな事を呟《つぶや》きながら、獣から何かを吸い取るようにフードの人の手が輝《かがや》いた。

その輝きに合わせて、あれほど大きかった獣が見る見るうちに小さくなっていく。

やがて子猫《こねこ》ぐらいの大きさにまでなると、それは姿を薄《うす》れさせ、やがて掻《か》き消えた。

「さて。それじゃあ、私は……。あら？　お嬢ちゃん、何をしているの？」

フードの人が、地面に散らばったおもちゃを拾い集める私を見ている。

「おもちゃを拾っているのです。家《うち》は貧乏《びんぼう》なので、これぐらいしか遊ぶ物がないのです」

「え。いやいや、それは遊ぶ物じゃあないわよ？　こわーい邪神《じゃしん》を封印する役目のある、大切な欠片なんだから。…………あれっ？」

拾い集めたパズルをテキパキとはめ込むと、欠片が足りないのに気がついた。

欠片があと三つも足りない。

「お姉さんの魔法で欠片が三つどこかにいっちゃいました。一緒《いっしょ》に探してくれませんか？」

「いやいやいや！　おかしいから！　こんな簡単に欠片を合わせられるのはおかしいから！　賢者級《けんじゃ》の大人でも、なかなか解けないはずなんだけど、どういう事なの……」

フードの人が顎《あご》に手を当てて悩《なや》み出した。

「ねえ、お嬢ちゃん。あなたは、この封印された地にはいつからいたの？　里の大人の人達に、ここには近づくなって言われてなかった？」

「『入っちゃダメだ』、『ここには何もないぞ』、『近づいちゃダメだ』って言われる場所には大抵《たいてい》お宝が眠っているものだって、お母さんが言っていたから毎日ここに通ってました」

「ど、どういう事なの……!?」

フードの人が、顔を引き攣《つ》らせながら上擦《うわず》った声を上げる。

やがて、私の隣《となり》に立つとポンと頭に手を乗せてきた。

「よく分からないけれど、お嬢ちゃんにお礼を言わなきゃならないのは私の方みたいね。ねえお嬢ちゃん。何か願い事はあるかしら？　こう見えて、お姉さんは凄い力を持った謎《なぞ》の大魔法使いなの。お嬢ちゃんのお願いを、何か一つ、叶《かな》えてあげるわ」

「願い事？」

「そう、願い事。遠慮《えんりょ》しないで言ってみて？　どんな事でも……」

「世界征服《せいふく》」

「……ご、ごめんね、それは無理だわ。どういう事なの。この子、意外と大物なのかしら。ええっと、他には何かない？」

目深《まぶか》に被ったフードから僅《わず》かに覗く口元が、少し引きつっている。

「それじゃあ、私を巨乳にしてください」

「そ、それも無理かなあ。と言うかお嬢ちゃん、今幾《いく》つ？　まだそんな心配する年じゃないでしょうに」

どうやら、これも無理みたい。

なら……。

「私を魔王《まおう》にしてください」

「ご、ごめんなさいね？　さっき言った事は訂正《ていせい》させて。大物なあなたと比べて、お姉さんはそこそこの力しか持たない魔法使《まほうつか》いだから、そこそこの願い事しか叶えてあげられそうにないわ」

フードの人が、一筋の汗《あせ》を頰《ほお》に垂らして謝ってくる。

私は手にしていた欠片を見せると。

「……じゃあ、私のおもちゃの欠片が三つほど足りないので、これを探してくれればそれでいいです」

「待って！　違《ちが》うの、流石《さすが》にもっと大きな願い事を叶えてあげられるから！　そ、それに、欠片をおもちゃにしちゃダメよ！　さっきの黒い奴《やつ》は、あくまで再び封印しただけなんだからね!?　今後、ここには来ちゃだめよ!?　それよりほら、もっと何かない？　もうちょっと、大きなお願いは……！」

フードの人は顔を引きつらせ、身を屈めて目線を合わせてきた。

……もうちょっと大きな願い事。願い事……。

それなら——

「私に、さっきの魔法《まほう》を教えてください」

第一章

紅い瞳の魔法使い達《ウィザーズ》

1

——それは、私にとっていつもの何の変哲《へんてつ》もない朝の光景。

担任の教師が、名簿《めいぼ》を片手に名前を呼ぶ。

「出席を取る。……あるえ！　かいかい！　さきべりー！」

担任に名前を呼ばれ、次々に生徒が返事をしていく。

答える生徒は女子ばかり。

この学校では、クラスは男女別になっている。

生徒数が十一人しかいない小さな教室では、すぐに私の順番が回ってくる。

「めぐみん！」

「はい」

私は最後に名前を呼ばれ、その返事を聞いた担任は満足そうに頷《うなず》いた。

「よしよし、全員揃《そろ》っているな。では……」

「せ、先生！」

名簿を閉じようとする担任に、私の隣に座る子が、泣きそうな顔で手を挙げた。

「私の名前が呼ばれてませんが……」

「ん？　おおっ、すまん！　そういや、一人だけ次のページに掛《か》かっていたんだったな。悪い悪い！　では……ゆんゆん！」

「は、はいっ！」

ゆんゆんと呼ばれた、セミロングの髪《かみ》をリボンで束ねている、優等生といった感じの子が、ちょっと赤い顔で返事をした。

——ここは紅魔《こうま》の里と呼ばれる、紅魔族の集落にある小さな学校。

ある程度の年齢《ねんれい》になると、里の子供はこの学校で一般的《いっぱんてき》な知識を身に付け、12歳になると、《アークウィザード》と呼ばれる魔法使いの上位職に就《つ》けられ、そして魔法の修行《しゅぎょう》が開始される。

生まれつき、高い知力と魔力《まりょく》を持つ紅魔族は、魔法を習得するまでは学校で修行するのが一般的だとされている。

ここでは、魔法を覚える事が、即《すなわ》ち卒業。

つまり、この教室の生徒達は、まだ誰も魔法が使えない。

ここの生徒達は、皆《みな》、自分の使いたい魔法を習得するために、日夜《スキルポイント》と呼ばれる物を貯《た》めていた。

覚えたい魔法によって、必要とされるスキルポイントは変動する。

より強力な魔法ほど、習得に必要とされるスキルポイントは多くなるのだ。

そして、ここにいる子達の覚えようとしている魔法は既《すで》に決まっている。

上級魔法。

それは、魔法使いなら誰《だれ》もが憧《あこが》れる、強力な魔法の数々を使えるようになるスキル。

紅魔の里では、これを覚える事で一人前とされるのだけれど……。

「それでは、テスト結果を発表する。三位以内の者には、いつも通り、《スキルアップポーション》を渡《わた》すから、取りに来るように。では、まず三位から！　あるえ！」

名前を呼ばれ、ポーションを貰《もら》いに行く気怠《けだる》げなクラスメイトをちらっと横目で見て、私は窓の外をぼーっと眺《なが》める。

「二位、ゆんゆん！　流石は族長の娘《むすめ》、よくやったな！　次も頑張《がんば》る様に」

「あ、は、はいっ！」

隣を見ると、ゆんゆんが顔を赤くして席を立った。

スキルポイントを増やすには、モンスターを倒《たお》して経験を得てレベルを上げるか、もしくは、スキルポイントが上がる希少なポーションを飲むしかない。

なので、早く上級魔法を覚えたい皆は、このポーションを得るために必死だ。

「では。一位、めぐみん！」

名前を呼ばれ、ポーションを貰いに席を立つ。

隣ではゆんゆんが悔《くや》しそうな表情を浮《う》かべてこちらを見ていた。

「相変わらずの成績だ、よくやったな！　しかし、もう上級魔法を覚えてもおかしくないぐらいにスキルポイントは貯まっていると思うんだが。……まあいい、今後も励《はげ》むように！」

ポーションを受け取ると、席に戻《もど》って、再び窓の外に視線を戻した。

二階の教室の窓からは、里の外までよく見える。

子供の頃《ころ》に会った名前も聞けなかったあの人は、今も元気で旅しているのだろうか。

担任が他《ほか》の生徒達に檄《げき》を飛ばす中、胸元《むなもと》から、そっと一枚のカードを取り出した。

冒険者《ぼうけん》カードと呼ばれるそのカードには、職業の欄《らん》にアークウィザードと書かれている。

レベルは1。

その下には、スキルポイントが45と表示され。

そして、習得可能スキルと書かれた欄には、《上級魔法》習得スキルポイント30という文字が光っていた。

「他の者もめぐみんを見習い、早く上級魔法を習得できるよう、頑張る様に！　では授業を始める！」

担任の声を聞き流しながら、カードのスキル欄に暗い文字で表示されている……、《爆《ばく》裂《れつ》魔法》習得可能スキルポイント50と書かれたスキルに指で触《ふ》れた。

紅魔族は上級魔法を覚える事で一人前とされるが、私の覚えたい魔法はそれじゃない。

あのローブの人が唱えた、究極の破壊《はかい》魔法が今でも脳裏《のうり》に焼き付いて離《はな》れない。

絶対に爆裂魔法を覚えたい。

そして、いつかあのローブの人に。私の魔法を見てもらうのだ——

2

一時間目の授業が終わり、休み時間に入ると私の席にバンと手が置かれた。

「めぐみん！　分かってるわね？」

声を掛けてきたのは、隣《となり》の席のゆんゆんだった。

彼女は、紅魔族の族長の娘にして、文武両道の優秀《ゆうしゅう》な学級委員。

「いいですよ。ちなみに、今日の私の朝ごはんは何ですか？　もうお腹《なか》がペコペコで」

「そ、そうなの？　今日のおかずは、私が腕《うで》によりをかけて作った……ち、違《ちが》うわ！　どうして私が負ける事が前提なの!?　きょ、今日は絶対負けないから！　今日こそは、族長の娘として、私が勝ってみせるから！」

そして、私の為《ため》に毎日ごはんを作ってくれる自称《じしょう》ライバルだ。

ゆんゆんはそんな事を宣言しながら、自分の弁当箱を私の机の上に置いた。

私は代わりに、先ほど手に入れたポーションを机に置く。

「では、今日も勝負内容は私が決めさせてもらうのです。なにせ、仮にも族長の娘なら多少のハンデは付けてくれてもいいはずです。加えて、希少なポーションと弁当なんて、本来なら賭《か》け金として釣《つ》り合いません」

「わ、分かってるわよ、今回も、めぐみんが勝負内容を決めてくれていいから！」

なんてちょろい。

「では、勝負内容は次の発育測定で、どちらがよりコンパクトで、世界の環境《かんきょう》に優《やさ》しい女かを競《きそ》うという事で……」

「ズルいズルい！　そんなの、私じゃ絶対めぐみんに勝てないじゃない！」

なっ……！

「自分で言い出した事ですが、人にそうまで自信満々に言われるとちょっと腹が立ちます！　同い年なんですから、そうそう違いがある訳無いでしょう！　どれだけ自意識過《か》剰《じょう》なんですかこの娘は！」

「痛い痛いっ！　止《や》めて、勝負は発育測定のはずでしょ！　そんなに血気盛んなら、体育の授業で勝負すればいいのに！」

ぽかぽかとゆんゆんを叩《たた》いていると、他の子達がぞろぞろと保健室へ移動して行く。

大丈夫《だいじょうぶ》、子供の頃に教わった、大魔法使《だいまほうつか》いになれば巨乳《きょにゅう》になるという話は、長年調べた結果、あながち間違《まちが》いではないと分かっている。

魔力の循環《じゅんかん》が活発な事が、血行を良くして発育を促進《そくしん》するのか、里の腕利《うでき》き魔法使い達は軒並《のきな》み巨乳が多かった。

ならば、現在クラス一の成績を誇《ほこ》る私が巨乳になる日も近いのではないだろうか。

そんな事を考えながら保健室へと向かうと、ゆんゆんが慌《あわ》ててついてくる。

「ねえめぐみん！　そんなに自信があるのなら、普通《ふつう》に大きさ勝負とかでいいんじゃないかしら？　あっあっ、先に行かないでよ……！」

保健室に入ると、既に測定が始められていた。

女ばかりのウチのクラスの中では、私が一番背が低い。

しかし、これは栄養学的な物ではないかと思っている。

我が家は、特殊《とくしゅ》な感性を持つ魔道具《まどうぐ》職人である父のおかげで、年中貧乏《びんぼう》だ。

日々の食事にも事かく生活が、私の発育に影響《えいきょう》を及《およ》ぼしているのかもしれない。

「あら、あるえさんはまた成長したわね。クラスで一番じゃないかしら。はい、次は……。めぐみんさんね。……ええと、毎回言っているけど、背伸《せの》びしたり胸を張ったりしても意味はないわよ？　計測魔法《まほう》を使うから、そうやって深く息を吸って止めていても、数値には何の影響もないからね？」

私のささやかな抵抗《ていこう》も虚《むな》しく、保健室の先生に魔法で数値を看破された。

「うん。……その、めぐみんさんは、身長が少しだけ伸《の》びたわね。じゃあ、その。次はゆんゆんさんで」

「やだな、また大きくなってたから、絶対負ける……。ああっ、やっぱり！　また今日もめぐみんに負けちゃった……、痛い痛いっ！　ど、どうして!?　私、勝負に負けてお弁当も盗《と》られる上に、どうしてめぐみんに叩かれるの!?」

「そんな事は、忌《い》まわしい自分の胸に聞くがいいです！」

「め、めぐみんさん、ストレスは発育に良くないですよ！」

3

ゆんゆんから巻き上げた今日の朝ごはんを食べながら。

「めぐみん！　ここに、デザートに最適な、天然ネロイド配合の高級プリンがあるわ！」

「ありがとうございます。あ、スプーンがないですよ」

「あっ、ご、ごめんね、ちょっと待ってて」

自分の席で黙々《もくもく》とゆんゆんの弁当を食べながら、いそいそとスプーンを出すゆんゆんを眺めていると、ハタと気づいたゆんゆんが、プリンとスプーンをバンと机に叩きつけた。

「違うでしょ！　プリンを賭けて、勝負をしようって言っているの！　どうして私がかいがいしくめぐみんに尽《つ》くさなきゃならないのよ！」

「私、毎日、ゆんゆんに飼われている犬猫《いぬねこ》の気分でいるのですが。なので、そろそろ一緒《いっしょ》に帰ってあげてもいいですよ？　そして、帰りに買い食いでもしましょう」

「えっ！　い、いいの……？　ってそうじゃないわ！　私とあなたはライバル同士でしょ！そ、それに、どうせ買い食いって言っても、私が買った食べ物を狙《ねら》う気満々な癖《くせ》に！」

私はいつの間にライバルになったのだろう。

取り敢《あ》えず、食べ終えた弁当箱をゆんゆんに返す。

「ごちそうさまでした。今日の味付けは良かったですよ。とても美味《おい》しかったです。明日《あした》は、タンパク質が食べたいですね」

「あ、そ、そう？　じゃあ明日は……」

弁当箱を受け取って、嬉《うれ》しそうにいそいそと鞄《かばん》にしまうゆんゆんが、ハタと気づいた。

「だ、だから、違うでしょ！　どうして私が……！」

「席に着けー。授業の時間だ。というか、学校にプリンなんて持って来るな。没収《ぼっしゅう》！」

「「ああっ！」」

いつの間にか教室に入って来た担任にプリンを取られた。

私の隣の席で、プリンがー……とメソメソしているゆんゆんをよそに、授業が始まる。

担任は黒板に魔法の系統を書き上げると、それをノートに写すように促《うなが》す。

私達が無言でノートに書き写していると、担任は、教壇《きょうだん》で堂々とプリンを頬張《ほおば》りながら魔法の解説を始めた。

「よし。今日は、特殊な魔法について説明する。まずは、ここに書かれている三つの魔法。初級、中級、上級魔法。これらについては、もう説明の必要は無いだろう。そしてお前達は、上級魔法こそが最高の魔法だと思っている事だと思う」

担任は、黒板に更《さら》に三つの魔法を書き出した。

「この世には、上級魔法の他にも、炸裂《さくれつ》魔法、爆発《ばくはつ》魔法、爆裂魔法と呼ばれる、特殊な系統の魔法が存在する。これらは非常に高い威力《いりょく》を誇るものの、習得が難しい上に燃費が悪く、あまり使われる事がない」

担任のプリンにのみ目がいっていた私は、爆裂魔法という単語にピクリと反応した。

「まずは、この炸裂魔法。こいつは岩盤《がんばん》ですら砕《くだ》くほどの威力を有する魔法で、これを覚えている魔法使いは、国の公共事業の際に呼ばれる事がある。とはいえ、習得にかかるスキルポイントは上級魔法に匹敵《ひってき》する量が必要だ。なので、これを覚えるのは、土木関係の国家公務員にでも成りたいのでなければ避《さ》けた方がいいな」

炸裂魔法。炸裂魔法か……。

私はノートに炸裂魔法としっかり書き、担任のその後の説明を一言一句聞き逃《のが》すまいと傾聴《けいちょう》する。

「続いて、爆発魔法。これは伝説的なアークウィザードの得意魔法だったものだ。その爆発魔法の連発の前に、彼女と相対したモンスターはなす術《すべ》もなく葬《ほうむ》り去られた。だが、この魔法は、一発一発の魔力《まりょく》消費が尋常《じんじょう》ではない。並の魔法使いでは、数発撃《う》つのが限界だろう。よほど魔力に自信があっても、これを覚えるのはあまり現実的ではないな」

爆発魔法――爆発魔法――

私はせっせと爆発爆発と書いていく。

と、担任がそこでチョークを置き、プリンの残りを頬張る作業に戻ってしまう。

むう、肝心《かんじん》の爆裂魔法の説明がまだなのに。

「先生。残り一つの魔法、爆裂魔法についてですが……」

手を挙げて立ち上がった私にクラスメイトの視線が集まる中、担任は笑い声を上げた。

「爆裂魔法は止めておけ。バカ高いスキルポイントを貯《た》めに貯めてようやく習得したところで、よほどの魔力を持つ者でも、消費魔力の凄《すさ》まじさに一発も撃てない事が多い。万一これを撃てたとしても、その威力は凄まじく、モンスターだけを仕留めるに止《とど》まらずに、周囲の地形をも変えてしまう。ダンジョンで唱えればダンジョンそのものを倒壊《とうかい》させ、魔法を放つ時のあまりの轟音《ごうおん》に、周囲のモンスターをも呼び寄せる事になるだろう。そう、**爆裂魔法は、ただのネタ魔法**なんだよ」

4

――三時間目。国語の時間。

「さて諸君。我々紅魔族《こうまぞく》にとって、文法や言葉というものはとても大切な物だ。なぜだか分かるか？　……めぐみん！　我々紅魔族にとって、なぜそれらのものが大切なのか答えなさい」

担任の指名に、私はその場に立ち上がり。

「素早《すばや》い詠唱《えいしょう》、正しい発音が、魔法の制御《せいぎょ》に影響するからです」

「三点。ダメダメだな」

「さ、三点!!」

この私が三点……。三点……。

凹《へこ》みながらフラフラと席につくと、今度は隣《となり》のゆんゆんが指名される。

「次、ゆんゆん！　正しい答えを言ってみたまえ」

「は、はいっ！　古《いにしえ》に封印《ふういん》された魔法の中には、古い文字が使われています。禁呪《きんじゅ》といった類《たぐ》いの魔法の解読には、それらの勉強が必要不可欠だからです」

「三十点！　禁呪だの封印された魔法だのといった単語は良かったが、それ以外がダメダメだ！」

「三十点!?　……三十点かあ…………」

ゆんゆんが寂《さび》しそうな顔で席に座ると担任が、お前らにはガッカリだよとでも言いたげな感じに、深々と息を吐《つ》く。

「はあー……。これが本当にクラスの上位者なのか……」

「「あっ！」」

担任の態度にゆんゆんと二人で声を上げるが、腹立たしい担任はそんな私達を無視し、一人の生徒を指名した。

「あるえ！　紅魔族にとって、文法や言葉の基礎《きそ》が重要だという理由は何か！」

クラスで三番目の実力者であるあるえが、その場に立つと胸を張る。

「爆炎《ばくえん》の炎使いなどの様な、**おかしな通り名を防ぐため**。そして、戦闘《せんとう》前の口上を素晴《すば》らしい物にし、**場の空気を熱くさせるため**です」

「百点！　そう、我々紅魔族の通り名などはとても大切な物だ。この俺にもちゃんとこの里随一《ずいいち》の通り名がある。そして、学校を卒業する頃《ころ》にはもちろんお前達も通り名を考えなくてはならないのだ。よし、次の体育の授業では、この俺が見本を見せてやろう！」

5

校庭とは名ばかりの、炎の魔法で草を焼き払《はら》っただけの、学校の前に広がる広場。

そこでは担任がマントを羽織り、先ほどから、ずっと何かを焚《た》き上げていた。

焚き上げの煙《けむり》は学校に登校した時にも上っていたので、担任はこの時のために朝早くから出勤していたのだろう。

焚き上げの煙が立ち上る空には、暗く垂れこめた雲が広がる。

恐《おそ》らくこの担任は、高価な雨呼びの護符《ごふ》を焚いて、この授業のためだけに、前もって雲を呼んでいたのだ。

空に浮《う》かぶ雲が満足のいく大きさになったのか、担任は一つ頷《うなず》くと、

「よし！　ではこれより、体育改め戦闘訓練を始める！　我々紅魔族において、戦闘の上で最も大切な物は何か。では……。ゆんゆん！　答えなさい！」

「わ、私ですかっ!?　え、えっと、戦闘で大切な……。れ、冷静さ！　何事にも動じない、冷静さが大切だと思います！」

「五点！　次、めぐみん！」

「五点!?」

担任に五点と評価されたゆんゆんが、五点……と呟《つぶや》きながら落ち込んでいる。

戦闘に大切なもの？　そんなの、答えは最初から決まっている！

「破壊《はかい》力です。全《すべ》てを蹂躙《じゅうりん》する力！　力こそが最も大切だと思うのです！」

「五十点！　確かに力は必要だ。十分な破壊力を持たないのであれば、確かに紅魔族の戦闘は成り立たない。だが違《ちが》う！　それではたったの五十点だ！」

「こ、この私が五十点……!?」

「私なんて五点だから……」

落ち込む私とゆんゆんを見て、担任が、成績上位者のくせにお前らにはガッカリだと言わんばかりに、地面に向かって唾《つば》を吐く。

「ぺっ」

「「あっ！」」

それを見て声を上げる私達を無視し、憎《にく》たらしい担任は一人の生徒を指さした。

「あるえー！　お前ならば分かるだろう！　その、左目を覆《おお》いし眼帯が似合うお前ならば、戦闘において最も大切な物が何なのかを！」

左目を眼帯で隠《かく》したクラスメイト、脱《ぬ》いだら凄《すご》いと評判の、とても同い年には見えないあるえが前に出た。

——人差し指で眼帯を、下からクイッと持ち上げて。

「格好良さです」

「百点だ！　ようし、偉《えら》いぞあるえ、スキルアップポーションをやろう！　そう、格好良さ！　我ら紅魔族の戦闘は、華《はな》がなくては始まらない！　では今から、それがどういう事かを実演する。……『コール・オブ・サンダーストーム』！」

担任が何かの魔法《まほう》を唱えると、先ほどまで重く垂れ込めていた雨雲から、青白い電光が見え隠れしだした。

よほど強力な魔法を発動させたのか、不自然な風が吹《ふ》き荒《あ》れ始める。

クラスメイト達が吹き付ける風の強さに髪《かみ》を押さえる中、担任は用意していた杖《つえ》を取り出し、それを空に高々と掲《かか》げた。

「我が名はぷっちん。アークウィザードにして、上級魔法を操《あやつ》る者……」

担任が名乗りを上げると杖の先目がけ雷《かみなり》が落ちる。

そして担任がマントをひるがえすと、それをなびかせるように風が吹いた。

「紅魔族随一の担任教師にして、やがて校長の椅子《いす》に座る者……！」

担任の声と共に、一際《ひときわ》大きな落雷《らくらい》が起こる。

その稲光《いなびかり》を背に、担任が杖を構えてマントをひるがえした体勢のまま、動かなくなった。

「「「か、格好良い！」」」

クラスメイト達が一斉《いっせい》に歓声《かんせい》を上げる中、隣を見るとゆんゆんだけが、真っ赤になった顔を両手で覆い隠して小さく震《ふる》えていた。

担任の格好良さに、顔を見られなくなったのかと見ているとぼそっと呟く。

「は、恥《は》ずかしい……っ！」

この子が独特の変わった感性を持っているという噂《うわさ》は本当だったらしい。

思春期になると変わった者に憧《あこが》れるようになる、中二病とか言う病気があると聞くが、この子もその類いなのかもしれない。

未《いま》だに風が吹きすさぶ中、担任がようやく動き出し、パンパンと手を叩《たた》いて言ってきた。

「よーし！　それでは、好きな者同士でペアを作れ！　そして、お互《たが》いに格好良い名乗りを上げてポーズの研究に励《はげ》むのだ！」

担任のその言葉に、ゆんゆんがビクッと震えた。

一体どうしたのかと見ていると、オロオロと辺りを見回し、やがてこちらをチラチラと横目で見てくる。

きっと、私とペアを組みたいけど、ライバルを自称《じしょう》してしまったものだから言い出せないのだろう。

……イラッとした。

無理やりペアを組んで、私の格好良いポーズで威嚇《いかく》して泣かせてやろうかと思っていると、横合いから声が掛《か》けられる。

「めぐみん、組む人はいる？　いないなら私と組むかい？」

振《ふ》り向くと、まるで見せつけるかの如《ごと》く、私と同じ12歳とは思えない巨乳《きょにゅう》が目の前に飛び込んで来る。

……更《さら》にイラッとした。

と、私の後ろで、あ……という小さな声が聞こえてくる。

見るまでもなく、ゆんゆんだろう。

私に声を掛けてきた眼帯を着けたクラスメイト、あるえは、準備運動のつもりなのか、首を何度かひねった後、その場でぴょんぴょんと飛び跳《は》ねる。

それに合わせてその胸が……。

…………………こいつは敵だ！

「いいでしょう。私の調べた統計学に照らし合わせると、あなたは将来、凄腕《すごうで》の大魔法使いになる可能性が高いです。ならば今ここで、どちらが上か決めておきましょう！」

「そ、そんな事が分かる統計学があるのっ!?」

ゆんゆんが律儀《りちぎ》にツッコんでくるけれど、今の私に構ってあげられる余裕《よゆう》はない。

と、担任が大声を張り上げた。

「よーし。ペアは決まったかー？　一人あぶれるから、余った奴《やつ》は先生とペアだぞー」

「えっ？　あっ！」

　ゆんゆんが、辺りを慌《あわ》てて見回し、一人なのが自分だけだと分かり、肩《かた》を落としてしょんぼりしながら担任の下《もと》へ。

　…………。

「あるえ。今日は何だか気分が悪いので、体育の授業は休ませてもらおうかと思ってます。先ほどゆんゆんに貰《もら》った弁当に、何か盛られていたのかもしれません」

「ええっ！」

　私の言葉に、ゆんゆんが心外だという表情でショックを受けている中。

「先生、具合が悪いので今日の体育も休ませてもらっていいですか？」

「またか。ダメだダメだ、お前はまだ、一度もまともに体育の授業を受けた事がないだろ。今日の体育は大事な授業だ。仮病《けびょう》は許さんぞ」

　融通《ゆうずう》の利かない担任の前で、私は呻《うめ》きながらその場に屈《かが》みこんだ。

「ダメだ、この俺にそんな手は……」

「め、目覚める……！　このままだと、私の中にいる誰《だれ》かがこの体を……！」

「なっ、めぐみん、お前……！　まさか、お前の中に封印されていたアレが目覚めようとしているのか……！　仕方がない、保健室に行く事を許す。保健の先生に、ちゃんと封印を施《ほどこ》して貰うように」

「了解《りょうかい》しました。では、失礼します」


「——よーし！　それじゃあ、各自ペアを組んだか？　それでは、始め！」

そんな担任の声を聞きながら、私は保健室へと向かった。

体育の授業で、せっかくゆんゆんの弁当で得たカロリーを消費するなんて勿体無《もったいな》い。

私は保健の先生から、封印《ふういん》の力が施された伝説の市販栄養剤《しはんえいようざい》を貰い、ベッドの上に寝転《ねころ》がった。

静かな保健室のベッドの中で、布団《ふとん》を首まで引っ張りあげ、私は担任の言葉を思い出す。


——爆裂《ばくれつ》魔法はネタ魔法。


私は布団を頭まで被《かぶ》ると、そのままふて寝するかの様に。

「せ、先生ー！　雨が！　雨が降ってきて……、って言うか、土砂降《どしゃぶ》りなんですが！　先生の格好良いところはもう見たので、この雨を止めてくれませんか!?」

「校長先生が大事に育てていた、花壇《かだん》のチューリップが流されてますよ！」

「い、いかん！　しまった、そう言えば今日は、魔力《まりょく》の源たる月が、最も高く昇《のぼ》る日……！　抑《おさ》えられていた俺の魔力が溢《あふ》れ出してしまったのか……！　ここは俺が雨を収める！　俺の事はいいから、お前達は早く校舎の中へ避難《ひなん》せよ！」

「先生ーっ！　素直《すなお》に、演出しか考えてなくて、止める方法まで考えてなかったって言ってください！」

校庭からのそんな声を聞きながら目を閉じた——

6

「ねえめぐみん。どうして私の席の前で、スキルアップポーションをこれみよがしに見せびらかしてウロウロするの？　何か言いたい事でもあるの？」

「別に、言いたい事なんて何もありませんよ？　……それはそうと、ゆんゆんの今日のお昼のお弁当美味《おい》しそうですね」

「そ、そう？　めぐみんに盗《と》られる分とは別に作っておいたヤツなんだけど……。あ、あげないから！　勝負用のと違って、このお弁当を盗られると私のお昼がなくなるし、勝負はしないから！」

「……」

「やめてよ、目の前でポーションをチャプチャプさせないで、それさっさと飲んでよ！」

「…………」

「や、やめてったら！　あげないから！　そ、そんな悲しそうな目をしても……。………

…は、半分しか……あげないから…………」


――ゆんゆんから貰ったお昼を食べていると、校内放送が流れた。

『本日、午前から突然《とつぜん》降り出した謎《なぞ》の大雨は、ぷっちん先生の見立てによりますと、紅魔《こうま》の里の片隅《かたすみ》に封印されていた、邪神《じゃしん》の仕業《しわざ》に違《ちが》いないとの事です。校長先生が調べたところ、確かにこの大雨は魔力による干渉《かんしょう》の跡《あと》が見られ、人為的《じんいてき》に降らされた雨であるとの判断が下されました。各教師は、この雨の制御《せいぎょ》のため午後の授業は中止。生徒は、突風《とっぷう》、落雷、大雨により、帰るのは危険ですので、各自校内で自習をしていて下さい』

担任は、邪神に罪をなすりつけたらしい。

これをネタにどうやって晩ご飯を奢《おご》らせるかを思案していると、数名の生徒達が立ち上がった。

暇《ひま》を潰《つぶ》すために、学校の図書室へ向かうらしい。

――私も調べたい事がある。

ゆんゆんから貰った弁当を掻《か》き込むと……。

「は、半分って言ったのに！　私、半分しかあげないって言ったのに！」

弁当箱をゆんゆんに返し、私も図書室へと向かった。


――魔法使《まほうつか》いを多く輩出《はいしゅつ》する紅魔の里の学校だけあって、図書室には相当数の本がある。

怪《あや》しげなお伽話《とぎばなし》の類《たぐ》いから、何の役に立つのか分からないハウツー本まで。

勝手について来たゆんゆんは、ハウツー本のまとめられている棚《たな》で何かを探している。

『読むだけで友達ができる禁断の魔導書』『タニシですら社交的になれる本』……。

ゆんゆんが、そんなタイトルのよく分からない本を手に取っているのが見えたが、目をキラキラさせて読んでいるのでそっとしておいてあげよう。

私は目当ての本を探しながら、並べられた本のタイトルを指でなぞっていく。

『紅魔族誕生秘話』『魔道技術大国が滅《ほろ》ぶまで』『地獄《じごく》の公爵《こうしゃく》シリーズ第四弾《だん》　見通す悪《あく》魔《ま》』『異世界からの居住者がいるとの噂の真相』……。

どうでもいい本ばかりが目につく中、ようやく目当ての本を見つけ出した。

『爆裂魔法の有用性』

その本を手に取り、ペラペラとめくっていく。

『爆裂魔法とは、究極の破壊魔法《はかいまほう》にしてあらゆる存在にダメージを与《あた》えられる最強の攻撃《こうげき》魔法である。現在、その魔法の習得方法は殆《ほとん》ど伝えられてはおらず、長く魔法の研究に携《たずさ》わった者か、長い年月を生き抜《ぬ》いた人外の魔法使いの間にしか知られていない』

ページをめくる指がそこで止まった。

……そんな魔法を習得していたあの人は、一体何者だったのだろう。

『そして、その習得の困難さに比べ、あまりの使い勝手の悪さから、これを習得している魔法使いは地雷《じらい》魔法使いと呼ばれ、冒険《ぼうけん》者達にパーティー入りを断られる事が多々ある』

そこまで読んだところで、私の爆裂魔法に対する想《おも》いがほんの少しだけグラついた。

子供の頃《ころ》に見た、全《すべ》てを蹂躙《じゅうりん》するかのような破壊魔法。

あのフードの人とあの魔法に、ずっと憧れを抱《いだ》いていたのだが――

『並の才能の者ではまず習得が不可能であり、たとえ習得が出来たとしても、消費魔力の多さから魔法を使用できない場合もある。なぜこのような魔法が開発されたのかも謎で、長い時を生きる人外の魔法使いですらが、余ったスキルポイントを使い、酔狂《すいきょう》で習得するというのが現状であり…………』

……それ以上読むのを止《や》め、本を棚へと押し込んだ。

これを読み続けていると、なんだか挫《くじ》けそうになってくるからだ。

と、戻《もど》した本の隣《となり》に気になるタイトルの本を見つけた。

『暴《あば》れん坊《ぼう》ロード』

妙《みよう》なタイトルに惹《ひ》かれ、そこに置いてあった本を手に取る。

——それは、痴呆症《ちほうしよう》になった元君主の老人が、二人のお供兼介護《けんかいご》の者を引き連れて、世直しと称《しよう》して領地を徘徊《はいかい》する物語だった。

ひょんな事から老人の身分を知り、老人に悪の領主の不正を訴《うつた》える村人達と、いいや、その村人達が嘘《うそ》をついているのだと悪あがきする、悪の領主。

老人は喧嘩両成敗《けんかりようせいばい》と宣言し、村人達と悪の領主に斬《き》りかかり、村人達と領主は一致《いつち》団結し、これを撃退《げきたい》。

このような地は焼き払《はら》ってくれるわといきり立つ老人を、ご飯の時間ですよとなだめて連れて帰るお供の二人。

共に戦った村人達と領主は打ち解け、団結する事の素晴《すば》らしさを知った彼らは、やがてその地にどこにも負けない巨大《きよだい》都市を築き上げる事となる——

……二巻はどこだろう。

その本の続きはないかと本棚《ほんだな》を探していたその時だった。

「ちょっとあんた、何それ？　ちょーウケる！　なになに、友達いないの？」

静かな図書室の中、そんな場違《ばちが》いな声が響《ひび》き渡《わた》った。

見れば、そこにはクラスメイトの一人とゆんゆんの姿がある。

これは……、この展開は……！

「と、友達は……。その……」

「いないんでしょ？　でなきゃ、そんな……。……『魚類とだって友達になれる』……？

ね、ねえ。その本は止めときなさい。せめて哺乳類《ほにゅうるい》にしときなよ……」

「そこまでです！」

ゆんゆんとクラスメイトの前に飛び出すと、クラスメイトをビシと指す。

「いたいけな少女をからかい、いたぶり！　その後、傷心の少女の心につけ込んで友人顔をし、あれこれと理不尽《りふじん》な要求をしようというあなたの企《たくら》み！　他《ほか》の人の目はごまかせても、この私の目は騙《だま》せませんよ！」

「ええっ!?」

私に企みを看破されたクラスメイトは、動揺《どうよう》を露《あら》わにする。

「ちょ、ちょっと待ってマジ意味分かんない！　ゆんゆんが面白《おもしろ》い本を持ってたから、声かけただけで……」

「め、めぐみん、どうしたの？　何か、変わった本でも読んで影響《えいきょう》されたの？　その、話し掛《か》けられただけで……」

クラスメイトとゆんゆんが口々に言ってくるが、

「いえ、なんとなくトラブルの臭《にお》いがしたので、暇なので首突《つ》っ込んでおこうかなと。それと、私は先ほどの授業をサボってしまったので、一人だけ名乗りを上げていなくて欲《よっ》求《きゅう》不満が溜《た》まってまして」

「『理不尽！』」

同時に叫《さけ》ぶゆんゆんとクラスメイトの声を聞きつけてか、図書室のドアが開けられた。

「おいお前ら、うるさいぞ。図書室では静かにしろ。邪神の降らせた雨はどうにか止んだからな。校長と俺の力が、どうにか邪神の力を上回った様だ」

「先生、私達には、抑えられていた俺の魔力が溢れ出してしまったのか……！　とか言ってませんでした？　何でも邪神のせいにしちゃかわいそうですよ」

言う事がコロコロ変わるいい加減な担任にクラスメイトがツッコむが。

「いや、里の者が邪神の墓を見に行くと、封印を触《さわ》ったバカ者がいたのか、本当に封印が解けかけていてな。封印の欠片《かけら》が数枚、見つかっていないそうだ。墓に封《ふう》じられている邪神や、邪神の下僕がいつ飛び出して来てもおかしくない状態だったらしい。邪神を対象とした封印《ふういん》なので、封印の影響をあまり受けない邪神の下僕が、封印の隙間《すきま》から這《は》い出す可能性があるらしい。再封印が終わるまでは、各自、一人で帰らず集団で下校するように」

担任がそんな事を言ってきた。

7

「ねえ知ってる？　今から七年前。私達がまだ子供の頃にも、邪神の封印が解けそうになった事があったんだって。邪神の墓の前に、大きなクレーターがあるでしょ？　あれって、流れの魔法使いが邪神を再び封じた跡だって話よ」

教室に戻ると、クラスメイト達はそんな話で持ちきりだった。

この田舎《いなか》では、こんな怪しげな噂《うわさ》でも十分話の種になる。

子供の頃の事なのであまりよく思い出せないが、その流れの魔法使いとやらが、私を助けてくれたフードの人だという事は分かった。

学校の教師達は邪神の調査に乗り出すとの事で、私達は今日はこのまま帰れるらしい。

クラスメイト達が、家が近所の子達と連れ立って帰って行く中、私とゆんゆんだけが教室に取り残された。

我が家は紅魔の里の隅《すみ》に建っているので、私のご近所さんはこのクラスにはいないのだ。

私が置いて行かれたのは、それ以外にも、買い食いしているクラスメイトを見つけては、横をちょろちょろくっついて、「美味《おい》しそうですね、美味しそうですね」とたかっていたのも原因の一つかもしれない。

仕方なく一人で帰ろうと席を立つと。

「あ………」

同じく教室に残っていたゆんゆんが、呼び止めるように片手をこちらへ突き出したまま、小さな声を出した。

「なんですか？」

「えっ！　い、いや、その……。めぐみんの家って、私の家への途中《とちゅう》にあったなって思って、そ、その……」

ゆんゆんの家は、紅魔族の長《おさ》という事で、里の中央に建てられている。

私の家に寄ると、あきらかに遠回りになるはずなのだけれど……。

「……一緒《いっしょ》に帰りますか？」

「いいの!?　あっ、でも私達はライバルだし、こうして馴《な》れ合うのは本当は……！」

ぱあっと顔を輝《かがや》かせた後、面倒臭《めんどうくさ》い事を言い出したゆんゆんを置いて、とっとと教室を出て行くと、ゆんゆんが半泣きで追いかけてきた。

「待ってよ！　あ、明日《あした》から！　ライバルに戻るのは明日からだから！」

――ゆんゆんを連れて外に出ると、未《いま》だに空がどんよりと曇《くも》っていた。

担任は、これだけの天変地異をあの演出のためだけに行ったのだろうか。

あの瞬間《しゅんかん》のためだけに高価な焚《た》き上げの護符《ごふ》を惜《お》しげもなく使う辺りは、流石《さすが》は一流の紅魔族《こうまぞく》だ。

基本的に色々ダメ人間な担任だが、そこだけは認めている。

帰り道をてくてく歩いていると、後ろからついて来ていたゆんゆんが、おずおずと声を掛けてきた。

「ね、ねえめぐみん。時間ある？　その、よかったら、なんだけれど……」

ゆんゆんが、どこかに寄って軽い物でも食べないかと誘《さそ》ってきた。

しかも、奢《おご》ってくれると言う。

「もちろん、私に断る理由なんてありませんが。どういう風の吹《ふ》き回しなのです？」

「えっ！　いや、ちょっとお腹空《なかす》いちゃって……」

恥《は》ずかしそうに照れながら言うゆんゆんに。

「まあ、育ち盛りですししょうがないですが。女の子が、あまり食い意地張っているのはどうかと思いますよ?」

「ちょっと待って! めぐみんがそれを言うの!? 大体、私のお昼をめぐみんが食べちゃったせいでお腹が減ってるんだけど! そ、それに……」

ゆんゆんが、途端《とたん》に小声になる。

「と、友達と買い食いとか、どこかに寄り道して帰るとか……その……。ちょ、ちょっと楽しみにしてたって……言うか……」

「えっ? なんだって?」

小声でぼそぼそと呟《つぶや》くゆんゆんの下《もと》に、わざわざ引き返して耳を寄せて聞き返す。

赤い顔をして何でもないと言い張るゆんゆんが、泣き顔でハッキリとさっきの言葉を言うまで、私は何度もしつこく聞き返してやった。

8

「らっしゃい! 紅魔族随一《ずいいち》の、我が喫茶店《きっさてん》にようこそ!ひょいざぶろーさん家《ち》の娘《むすめ》のめぐみんじゃないか。聞いたぞ、学校で頑張《がんば》ってるらしいな。紅魔族随一の天才だって評判だ。外食とは珍《めずら》しいな、何にするんだい？」

「カロリーが高くて腹持ちの良い物をお願いします」

「めぐみん、女の子の注文の仕方じゃないわよ！　あの、店主さんのオススメの物で……」

里に一つしかない喫茶店のテラスで、私とゆんゆんはだべっていた。

父の知り合いらしい店主がメニューを差し出し。

「オススメか。今日のオススメは、『暗黒神の加護を受けしシチュー』、または、『溶岩竜《ようがんりゅう》の吐息《といき》風カラシスパゲティ』だな」

「カラシスパゲティで」

「私はメニューにある、この、『魔神《まじん》に捧《ささ》げられし子羊肉のサンドイッチ』をください」

「あいよ！　溶岩竜の吐息風カラシスパ、魔神に捧げられし子羊肉のサンドイッチだな！　ちょっと待ってな！」

「カラシスパゲティで！」

なぜか真っ赤な顔のゆんゆんが名称《めいしょう》を訂正《ていせい》する中、私が備え付けの果汁《かじゅう》入りの水をちびちび飲んでいると。

「ねえ、めぐみんめぐみん。その、突然《とつぜん》だけど、訊《き》いてもいい？」

「なんですか？　ご飯奢ってくれましたし、大抵《たいてい》の事なら答えますよ。私の弱点とかですか？　今の弱点は甘い物です。食後のデザートが弱点ですね」

「そんな事聞いてないわよ！　それに、どこが弱点なのよ、いつもモリモリ食べてるじゃない！」

「甘い物は乙女《おとめ》の敵って言うじゃないですか。それで、何が聞きたいんです？」

先を促《うなが》してやると、ゆんゆんが途端にモジモジしだす。

どうもこの子を見ていると、嗜虐心《しぎやくしん》が煽《あお》られてしまう。

「ねえめぐみん、めぐみんって、好きな男の子とかいる？」

「ゆんゆんが色気づいた！」

発言を受けて立ち上がった私に、ゆんゆんが泣きそうな顔で慌《あわ》てて言った。

「ち、違《ちが》うから！　ほら、女友達との会話ってさ、普通《ふつう》は恋《こい》バナとかするものなんでしょ⁉　そういうのに憧《あこが》れてただけだから！　別に、好きな人がいるとかじゃないからっ！」

その言葉に安心し、再び席に座り直すと、

「何と言うか、ゆんゆんは紅魔族の中でも変わってますよね。聞きましたよ、体育の時も格好良いポーズを恥ずかしがってロクに決められないとか」

「や、やっぱり私が変わってるの⁉　私、小さい頃《ころ》から、この里の人達って実は変なんじゃないかって思ってたんだけれど……」

私の言葉に落ち込む、変わり者のゆんゆん。

彼女がクラスの中で浮《う》いてるのは、こういったところがあるからかもしれない。

「で、ゆんゆんはどんなタイプの男性が好みなんですか？」

「えっ⁉」

私に話を振《ふ》られ、目を白黒させて赤くなるゆんゆん。

「するんでしょう？　恋バナ。ちなみに私は、甲斐性《かいしょう》があって借金をするなんてもってのほか。気が多くもなく、浮気《うわき》もしない。常に上を目指して日々努力を怠《おこた》らない、そんな、誠実で真面目《まじめ》な人が良いですね」

「誠実で真面目な人、かあ。めぐみんて、意外と優《やさ》しかったり面倒見《めんどうみ》がいいところもあるから、その真逆なタイプのどうしようもなくダメな人に引っ掛《か》かりそうな……痛い痛い！じょ、冗談《じょうだん》だから！　……私は、物静かで大人しい感じで、私がその日にあった出来事を話すのを、傍《そば》で、うんうんって聞いてくれる、優しい人が…………」

——穏《おだ》やかな昼下がり。

自称《じしょう》私のライバルと、取りとめのない話をしながら家に帰った。

9

「帰りましたよー」

「姉ちゃんお帰り！」

自宅に帰ると、元気な声と共にバタバタという足音が聞こえてきた。

私を出迎《でむか》えてくれたのは、5歳になったばかりの、私の妹、こめっこだ。

こめっこは私のお下がりのローブを着ているのだが、丈《たけ》の余ったダブついたローブの裾《すそ》は泥《どろ》だらけになっていた。

「あーあー……。ローブの裾が泥だらけではないですか。留守番してなさいって言われてたのに、また外に遊びに行っていたのですか？」

「うん！　新聞屋のお兄ちゃんはげきたいしたから、その後に遊びに行った！」

「ほう、今日も勝ちましたか。流石は我が妹です」

「うん！『もうみっかもかたいたべものをくちにしてないんです』って言ったら、お食事券を置いてってくれた！」

こめっこが、そう言って自慢気《じまんげ》に戦果を見せびらかした。

優秀《ゆうしゅう》な妹の頭を撫《な》でていると、こめっこは何かに気づいた様だ。

「姉ちゃんからいい匂《にお》いがする」

「おっと、流石は我が妹。お土産《みやげ》です。魔神に捧げられし子羊肉のサンドイッチ！　さあ、その腹がはち切れるまで食《く》らうがいいです！」

「すごい！　魔王《まおう》になった気分！　じゃあ、捕《つか》まえてきた晩ごはんは、明日の朝ごはんにしよう！」

お土産のサンドイッチに喜ぶこめっこが、突然そんな事を言い出した。

……捕まえてきた晩ごはん。

以前、こめっこがセミをたくさん捕まえてきて、これを唐揚《からあ》げにしようと言い出したのを思い出し、ちょっとだけ恐怖《きょうふ》を覚える。

「こめっこ、晩ごはんとは何ですか？　何を捕まえてきたのです？」

「見る？　しとうの末に打ち倒《たお》した、きょうぼうなしっこくの魔獣《まじゅう》！」

不穏《ふおん》な言葉を残し、こめっこが家の奥に駆《か》けて行く。

昆虫《こんちゅう》系ではありませんように。

昆虫系ではありませんように！

祈《いの》りながら待っていると、やがてこめっこが抱《かか》えてきた物は……。

「にゃー……」

一体何があったのか、疲《つか》れきった様にグッタリした、黒い子猫《こねこ》だった。

「……これまた大物を捕まえてきましたね」

「うん。頑張った！　最初は抵抗《ていこう》してきたけど、かじったらおとなしくなった」

私の言葉に素直《すなお》に頷《うなず》くこめっこから、むやみに何でもかじってはいけませんよ？」

その黒猫は私の手の中に収まると、よほど怖《こわ》い目に遭《あ》ったのか、怯《おび》える様に私の胸元《むなもと》に頭を寄せて丸くなる。

こめっこは、お土産のサンドイッチを両手でわし摑《つか》んでひとしきり頰張《ほおば》ると、やがてそれをジッと見て、かじりかけのサンドイッチを私に差し出し。

「……食べる？」

「私はお腹《なか》いっぱいですから、こめっこが全部食べるとよいですよ。それより、この毛玉は私が預かってもいいですか？」

「うん！」

こめっこはそのまま幸せそうに、サンドイッチをかじる作業に没頭《ぼっとう》した。

──自室に入り放してやると、堂々と私の布団《ふとん》の上で丸くなった猫を見て呟いた。

「さて、こいつはどうしたものでしょうか」

このふてぶてしさ。

この子は意外と大物なのかもしれない。

まさか、こめっこの希望通りに朝ごはんにするわけにもいかず、そうかといって、家で飼ってやれる余裕《よゆう》もない。

しかし、このまま外に放《ほう》り出して再びこめっこに見つかれば、この子は今度こそ食われる事だろう。

となると──

10

──教室内がざわついている。

「……めぐみん。……め、めぐみん」

「おはようゆんゆん。そんな顔をしてどうしましたか？」

眉根《まゆね》を寄せて困った様な顔をしたゆんゆんが、おはようと返してくる。

「どうしましたかじゃなくて。……その子はなに？」

「使い魔《ま》です」

ゆんゆんが問いかけてきたその子こと、机の上で仰向《あおむ》けになって私の指先にじゃれつく黒猫。

改め、私の使い魔を皆《みな》に紹介《しようかい》した。

「使い魔!?　使い魔を使役《しえき》する魔法使《まほうつか》いなんて、お伽話《とぎばなし》の中だけだと思っていたのに！」

「見て、あの愛くるしくもふてぶてしい顔を！　恐《おそ》ろしいわ、ああして無垢《むく》な子猫のフリをして、主人のめぐみんのために私達の昼ごはんを狙《ねら》っているのよ！」

「悔《くや》しいっ！　でも、ご飯あげちゃう！」

クラスの子達は我が使い魔の魅力《みりよく》にメロメロの様だ。

もしかしたら、この子は魅了《みりよう》の魔力《まりよく》でも持っているのかもしれない。

ここにいれば少なくとも、自分の食い扶持《ぶち》ぐらいは手に入れてくれそうで安心した。

「う、うわー……。ふわっふわだね……！　ねえめぐみん、名前は？　この子に、もう名前は付けてあげたの？」

ゆんゆんが目をキラキラさせて猫を撫でようとするが、ゆんゆんがその手を伸《の》ばすと、猫は警戒《けいかい》するように前足を構えた。

猫にすらハブられるゆんゆんが、寂《さび》しそうな顔で手を引っ込める。

「なんだろうこの子は。めぐみん以外には懐《なつ》かない感じなのかな？」

あるえが、そんな事を言いながら伸ばしてきた指先は素直に受け入れ、目を細めて撫でられるがままの猫の姿に、ゆんゆんがいよいよ泣きそうになる。

「名前はまだです。というか、この子一匹《ぴき》で家に残しておくと身の安全が保障できない環《かん》境《きょう》なので、毎日学校に連れて来ようかなと思いまして」

その言葉に、クラスの子達が眉《まゆ》を寄せて悩《なや》み出した。

「可愛《かわい》いし、私は構わないけど先生が何て言うかが……」

「そうね。可愛いけど、先生が許すとは思えないわね。可愛いけど」

むう。やはりあの担任が問題か……。


「――不許可」


教室に入って来た担任は、開口一番で却下《きやっか》した。

私は愛くるしさを精一杯《せいいっぱい》に振りまく猫を持ち上げ。

「先生、これは私の使い魔なのです。この子は我が魔力を糧《かて》に生きているので、私から離《はな》れると、もれなく死んでしまいます」

「不許可。まだ魔法《まほう》も使えない者が使い魔だなどとは。学校は、使い魔禁止、おやつ禁止！　さあ、元いた所に返して来なさい」

やはりダメか。ならば……！

「先生、これはもう一人の私です。私の力を宿した片割れなのです。力の大半は私が持っていきましたが、これはれっきとしたもう一人の私なのです。我々は一心同体。離れ離れになる訳にはいかないのです！」

「……もう一人のお前が、抱《だ》かれるのを嫌《いや》がってもがいているが」

「私、そろそろ反抗期《はんこう》なもので」

猫を放してやると、教室の隅《すみ》の壁《かべ》で爪《つめ》を研《と》ぎ出す。

「お前の片割れが、本能のままに爪を研いでいる訳だが」

「紅魔族《こうまぞく》はいつでも戦いに備え、爪を研ぐもの。私が知性と理性の大半を持っていってしまったため、もう一人の私はあのような、力と野性に満ちた獣《けもの》の様に……」

「いいよ」

「そう、一見あの様に愛くるしい私ですが、その中身は……。……いいんですか？」

途端《とたん》にアッサリと許可を出した担任。

これから、いかに私とあの片割れが、この体を巡《めぐ》っての死闘《しとう》を繰《く》り広げたかを語るつもりだったのだが。

「面白《おもしろ》そうだから、このままでいいよ」

と、ろくでもない事には定評のあるウチの担任が、そんな不安になる事を言ってきた。


「──ちょっとめぐみん！　トイレはちゃんと決められた場所でしなさい！　ほら、ここよここ！　ここでシーするの！　そう、よく出来ました！　偉《えら》いわねめぐみんは！」

「…………」

「めぐみんの食べ残し、ここに置いといたら臭《にお》わない？　もっと日陰《ひかげ》の方がいいよ」

「………………」

「あーっ！　もうっ、めぐみん！　あちこち爪を研いだりしないでよね？　そんな可愛い顔して首を傾《かし》げてもダメよ！　ダメ……。ああもう、可愛いなあ本物のめぐみんは！」

「あああああああああーッ！」

「きゃーっ！　ニセめぐみんが急に凶暴《きょうぼう》に！　愛らしさだけじゃなく、とうとう知性と理性も片割れに盗《と》られちゃったの!?」

机をひっくり返した私に、一人のクラスメイトがニセめぐみん呼ばわりをしてきた。

「誰《だれ》がニセですか、こっちが本物ですよ！　あちこちでめぐみんめぐみん言うのは止《や》めてください！」

「ど、どうしたのよめぐみん、めぐみんがあっちのめぐみんを片割れだって言ったのよ？　知恵《ちえ》と理性のめぐみんと、力と野性のめぐみんなんでしょ？」

「めぐみんめぐみんめぐみんめぐみんめぐみん、あちこちで私の名前を呼ばれるのは我慢《がまん》の限界なのですよ！　そいつに名前を付けてください！」

いきり立つ私に、私の片割れを抱いたゆんゆんが。

「そ、そんな事言ったって、今日一日で、既《すで》にこっちがめぐみんって事で定着しちゃったし……。ほら見て、私にもようやく懐いてくれて、めぐみんを抱ける様になったの！　……もういっそ、この子じゃなくて、めぐみんの方が名前を変えた方が痛い痛い痛い！」

「裏切り者！　ライバルの名前が変わってもいいんですか！　と言うか今日一日だけで、私が学校に入学してから今日までよりも、よほどめぐみんという名前が呼ばれてますよ！」

私の言葉に、クラスメイトが渋々《しぶしぶ》といった表情で、

「せっかくめぐみんって名前がなんだか可愛く思えてきたのに……」

「ああー……。私の可愛いめぐみんが、あんまり可愛くないめぐみんに……」

「おい、その喧嘩《けんか》買おうじゃないか」

売られた喧嘩は必ず買うのが掟《おきて》の紅魔族として、椅子《いす》を構え、クラスメイトに襲《おそ》い掛《か》かる体勢を取っていると。

「……のりすけ」

あるえがポツリと呟《つぶや》いた。

どうやら、この猫の名前候補らしい。

「……ぺれきち」

更《さら》に他《ほか》のクラスメイトが呟いた。

「ちょいさー」

「まるも」

「かずま」

次々と呼ばれるそれらの名前が気に食わないのか、ゆんゆんに抱かれた猫が、くしゃみでもするかのように鼻を鳴らしている。

次々と名前候補が上がる中、ゆんゆんが猫を持ち上げ。

「この子、メスなんだけど……」

「……じゃあやっぱもう、めぐみんでいいじゃん」

「ぶっ殺」

私が一人のクラスメイトと取っ組み合いを始めると、ゆんゆんが突然《とつぜん》大声で。

「クロ！　クロちゃん……！　……とか、ど、どうかな。ほら、その、黒猫だから……」

「「「…………」」」

それに辺りが静まり返る。……と。

「まあいいかもね。変わった名前で覚えやすいし」

「えっ!?　か、変わって……!?」

……ふむ。

確かに変な名前だけど、その分覚えやすいかもしれない。

それに名前を付けられた当の本人がゆんゆんに抱かれたまま目を細め、満更《まんざら》でもなさ気な態度だ。

「では、取《と》り敢えずはこの、クロという変な仮名《かめい》って事で。もし本格的に私の使い魔になる際には、もっとちゃんとした素敵《すてき》な名前を付けてあげましょう」

「変!?　ねえ、やっぱ私、変なの!?　この里の中で変なのは私の方なの!?」

ゆんゆんが涙目《なみだめ》で訴《うった》えてくる中、私はクロを抱き上げた。

11

「ねえめぐみん。今日は、小物屋に寄って行かない？」

学校からの帰り道。

確か、馴《な》れ合うのは昨日だけだとの話だったはずなのだけれど、ゆんゆんはなぜか、今日も私の後ろをついて来ていた。

まあ、こちらはライバルだとは思っていないので、別にいいのだが。

「小物屋なんてこの里にありましたっけ？」

「鍛冶屋《かじや》さんが、趣味《しゅみ》で小物を作り始めたんだって。その、め、めぐみん……」

「学校帰りに友達と可愛い小物を見るのが夢だったんですね、はいはい、行きましょう」

ゆんゆんと一緒《いっしょ》に、鍛冶屋へ寄り道をして帰る事になった。

「――おうらっしゃい！　なんだ、族長のところの変わり者の娘《むすめ》と、変わり者のひょいざぶろーのところの娘じゃねーか。なんだ、何が欲しい？　お前さん達みたいな子には、そうだなあ……。この巨大《きょだい》な大剣《たいけん》なんてどうだ？　大斧《おおおの》とか、ハンマーなんかもあるぞ」

「か、変わり者……」

「か弱い乙女《おとめ》になぜそんなゴツイ武器を持たせようとするんですか？　私達に武器なんて必要ないじゃないですか」

　そもそも、魔法使いの里に武器防具専門の鍛冶屋がある事が間違《まちが》ってる。

　せめて、杖《つえ》でも作ればまだ需要《じゅよう》があると思うのだけど。

「女の子が大きな武器を振《ふ》り回すのがいいんじゃないか。ギャップだギャップ」

「どこの世界にそんな女の子がいるんですか。……ゆんゆん、どうしました？」

　隣《となり》ではゆんゆんが、店内をキョロキョロと見回している。

「あの、ここで、趣味で小物を作り始めたって聞いたんですけど……」

「小物なら、そこにあるじゃねえか。異様に長い剣だとか、複雑な形をした武器しか好まない紅魔族の者には不評なんだけどな」

　大柄《おおがら》な鍛冶屋の店主が、店の隅を顎《あご》で指す。

　確かにそこには、小物というか、ナイフ類というか……。

「世間一般《いっぱん》では、小物と言ったら小さな武器ではなく、ファンシーなアイテムの事を言うのですが」

「そんな事言われても。ウチは客が来ねえから、こんな物でも扱《あつか》わないと商売上がったりなんだよ」

店を出す土地を間違っているのだと思う。

と言うか、これでどうやって生計を立てているのか。

「その顔は、どうやって食ってんだって顔だな。俺だってアークウィザードの端《はし》くれだ。魔力《まりょく》をふんだんに使い、普通《ふつう》じゃ扱えない程《ほど》の熱量を持つ炉《ろ》を操《あやつ》って、上質の鎧《よろい》を作ってるんだよ。これでも、一部の鎧マニアには俺の鎧は評判がいいんだぜ？　名前は出せないが、とある大貴族のお嬢様《じょうさま》ですら、ウチの鎧を愛用してくれてんだぞ」

ゆんゆんは、銀色の短剣《たんけん》を大事そうに手に取ってそれを見ていた。

「大貴族のお嬢様がどうして鎧を愛用するのですか。ゆんゆん、そろそろ……」

「……気に入ったのですか？」

ゆんゆんがこくこくと頷《うなず》いた。


——その後、ゆんゆんと別れて自宅に帰ると、今日もローブの裾《すそ》を泥《どろ》だらけにしたこめっこが駆《か》けてきた。

「姉ちゃんお帰り！　お土産《みやげ》は？」

「今日はお土産はなしです。というか、また外に出たのですか？　今、この里では、邪神《じゃしん》の封印《ふういん》とやらが解けかかっていたりするそうなので暗くなる前には帰るんですよ」

私の言葉をどこまで聞いているのやら、こめっこが私の抱いているクロを、ソワソワしながらジッと見ていた。

「……じゅるっ」

「!?」

怯《おび》えるクロが、こめっこの手が届かない場所に逃《に》げようと、私の肩《かた》に爪を引っ掛けよじ登る。

飼い主様の体をよじ登ろうとするとは、なかなかに肝《きも》の据《す》わった猫《ねこ》だ。

「姉ちゃん、晩ごはんはお肉だね！」

愛玩《あいがん》動物も昆虫《こんちゅう》も、平等に食べようとする我が妹に少しだけ戦慄《せんりつ》を覚えながら。

「こめっこ、まあ待つのです。こんなにやせ細った状態では、食べるところなんて殆《ほとん》どありません。なので、もっと太らせてから食べるのです」

「なるほど。姉ちゃん、頭いいね！」

屈託《くったく》なく笑うこめっこの、泥だらけの顔をハンカチで拭《ぬぐ》ってやる。

「で、こめっこはここのところ、外で何をして遊んでいるのですか？」

「おもちゃを見つけたから、それで遊んでる！　姉ちゃんもやる？」

……おもちゃ？

なぜか、その言葉に引っ掛かるというか、気になるというか。

そう、確か私が………。

「姉ちゃん、お風呂《ふろ》入ろう！　ついでにその子も一緒に洗っておこう！　アク抜《ぬ》きって言うんだって！」

「こめっこ、私の肩でこの毛玉がふるふる振動《しんどう》してますので止めてあげて下さい」

12

こめっことクロを風呂に入れ、風呂から上がると質素なご飯を食べて自室に戻《もど》る。

階下が騒《さわ》がしいのは、きっと母が帰って来たからだろう。

父はどうせ、食べることも忘れて変わった魔道具《まどうぐ》を作っているに違《ちが》いない。

私は絨毯《じゅうたん》に敷《し》かれた薄《うす》い布団《ふとん》の上に転がると、お腹《なか》の上にクロを乗せた。

そして、思い出した。

「おもちゃと言えば。あの人と会った時、おもちゃを探してくれと頼《たの》みましたっけ」

独り言を呟きながら、暗い部屋でクロを抱《だ》き上げ、目の前に持って来て目線を合わせた。

暗い中、クロはまるで私の言葉に聞き入る様に、ジッとこちらを見つめている。
ふてぶてしくも、大きくて丸く、愛らしいとも思える瞳《ひとみ》。
……なぜだろう。
この子を見ていると、どうしてだかあの人を思い出す。
私が布団を頭まで被《かぶ》って潜《もぐ》り込むと、当然のごとく布団の中に潜り込んでくる。
「おい、居《い》候《そうろう》の身で随分《ずいぶん》な態度じゃないか」
布団の中、勝手にお腹の上に乗り丸くなるクロの手触《てざわ》りを楽しみながら。
私は、当分はこのまま、里から出る事もなく――
学校へ行き、妹の面倒《めんどう》を見て。
そんな、変わらない毎日を送るだけだと思っていた――

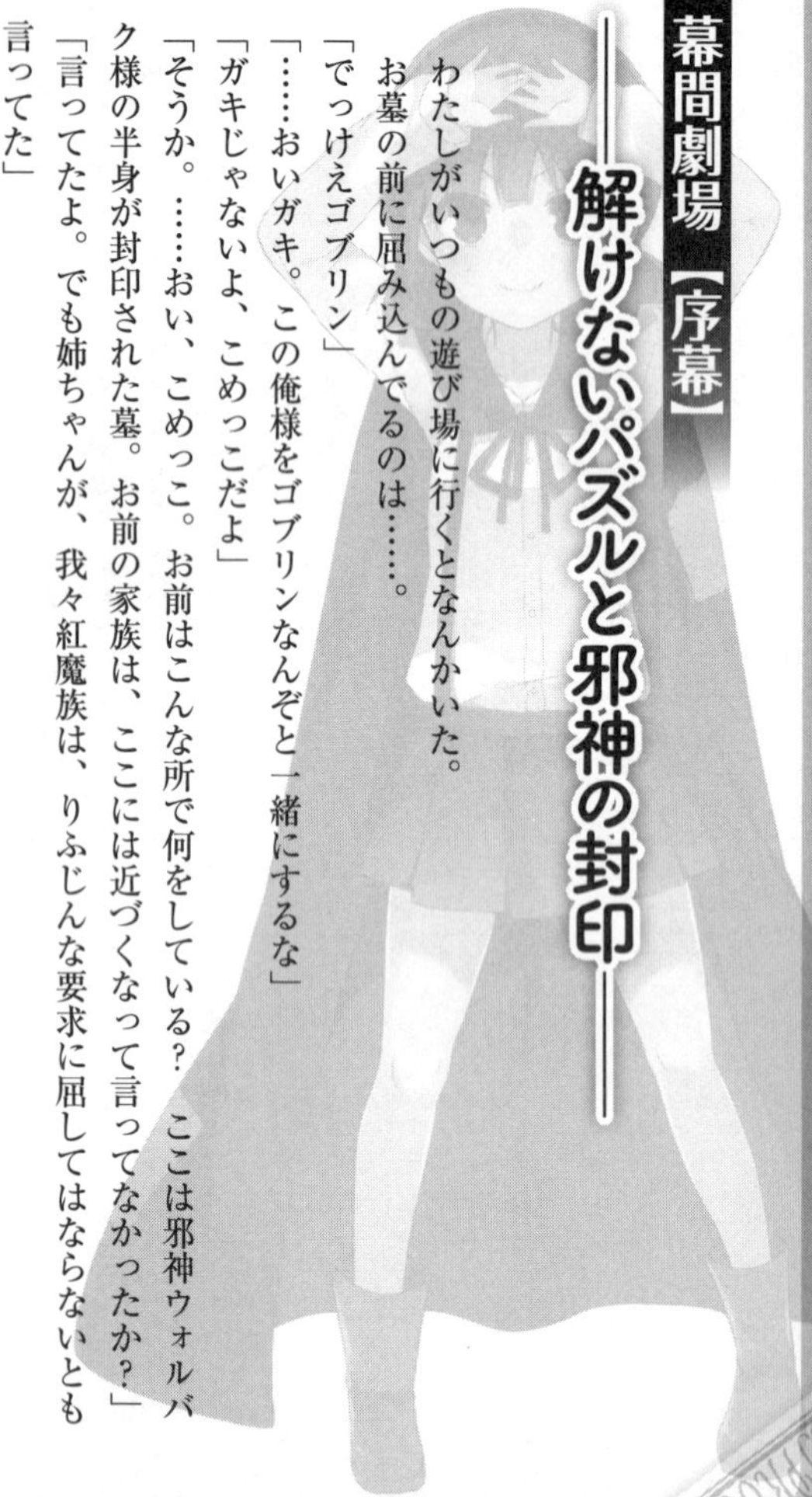

幕間劇場【序幕】

解けないパズルと邪神の封印

わたしがいつもの遊び場に行くとなんかいた。

お墓の前に屈み込んでるのは……。

「でっけえゴブリン」

「……おいガキ。この俺様をゴブリンなんぞと一緒にするな」

「ガキじゃないよ、こめっこだよ」

「そうか。……おい、こめっこ。お前はこんな所で何をしている？　ここは邪神ウォルバク様の半身が封印された墓。お前の家族は、ここには近づくなって言ってなかったか？」

「言ってたよ。でも姉ちゃんが、我々紅魔族は、りふじんな要求に屈してはならないとも言ってた」

「……そ、そうか。しかし、まいったな。こんなガキを口封じしなきゃならんのか……」

コウモリみたいな羽の生えた、大きくて黒いゴブリンじゃない人が肩を落とす。

「ガキじゃないよ、こめっこだよ。ゴブリンじゃない人は、ここで何してるの？」

「ゴブリンじゃない人……。おいガキ、よーく見てみろ！　邪悪の象徴たるこの角に巨大な羽！　ゴブリンなんぞとは比べものにもならない屈強な肉体！　この俺は、邪神ウォルバク様の側近である上位悪魔、ホースト様だ！　覚えておけ！」

「かっこいい！」

大きく羽を広げて見せたホーストに、わたしは諸手を挙げて歓声を上げた。

「お、おう、そうか……。お前、なかなか見所があるな。本来なら目撃者は即口封じするものなんだが、見逃してやってもいいぞ。その代わり、俺の事は誰にも喋るな。ここで何をしているのかも内緒だぞ？　これは特別だ、ありがたく思えよ？」

「ありがとございます」

よく分からないけどお礼を言いながら、ホーストの前に座って、その大きくて硬い足をぺたぺたと触ってみた。

「変なガキだなあ……。まあいい、俺は今、大事な作業をしているんだ。邪魔すんなよ？」

プイと顔をそむけ、お墓の前で何かを始めるホースト。……あっ！

「わたしのパズル！」

「ああん？　これはお前のじゃねえだろ、ウォルバク様の封印を解くための大切な物だ。……おお、おいおい、お前……！」

カチャカチャとパズルを組み立てていくと、ホーストがなんだか慌てている。

「やるじゃねーか！　俺様が、この里の住人の目をかいくぐって、何ヶ月かけても解けなかった封印のパズルを……。よし、ここまでくれば後は俺でも分かる！　おら、貸せ！」

「あー！　ホーストが横取りした！」

「へっへっ、何とでも言え。あと、ホーストって呼び捨てにすんじゃねえよクソが、ホースト様って呼べ。何にしても、これでウォルバク様が完全に力を取り戻してくださる。そうすれば、また以前の様に暴れられるぜ。……あれっ。なんだこれ、おかしいな……」

わたしからパズルを取り上げたホーストは、墓の前の台座に何度もそれをはめようとして失敗し、やがて、途方に暮れたように肩を落とし、わたしの方をチラッと見た。

「……おいこめっこ。特別にパズルで遊ばせてやってもいいぜ。続きをやらせてやるよ」

「お腹空いてきたし、それどころじゃないからいい。ホースト様にやらせてあげる」

「…………自分で言っといてなんだが、ホースト様はやめようや。ちょっと食い物持ってきてやるから、パズルを解いてくれよこめっこ」

「…………」

「…………お願いしますよこめっこさん」

「分かった」

わたしの返事を聞くと、悔しそうにしながらホーストはどこかへと羽ばたいていく。

それを見送りながら、わたしはパズルを手に――

第二章

紅魔族の孤高の少女《ロンリーマスター》

1

「めぐみん！　分かってるわね、今日も勝負よ！」

どこかの教師が行った天候操作の儀式《ぎしき》の反動により、透《す》き通る様に晴れた朝のこと。

私が教室に入ると、待ち構えていたゆんゆんに絡《から》まれた。

今日はなんだか、妙《みょう》に機嫌《きげん》が良さそうだ。

——と、機嫌が良い理由に気がついた。

ゆんゆんの腰《こし》の後ろには、先日買った銀色の短剣《たんけん》がぶら下がっている。

それを、こちらに見えるように幾度《いくど》となく手で位置を変えてくるのが鬱陶《うっとう》しい。

似合っているとでも言って欲しいのだろうか。

私はゆんゆんの彼氏でもないので、そんな面倒臭《めんどうくさ》い乙女心《おとめごころ》にはつき合いたくない。

「いいでしょう、受けて立ちます。でも、賭《か》け金代わりのスキルアップポーションを持っていないのですがどうします？」

「賭け金……。そ、それじゃあ、私が勝ったらめぐみんは、なにか一つ、私の言う事を聞くって事で……」

「いいですよ。特別に、勝負方法はゆんゆんに有利なものにしてあげます。その、腰にぶら下がっている格好良い短剣を使った勝負です。どうですか？」

「この短剣を？　いいわ、どんな勝負か分からないけど受けて立つわ！」

自信満々なゆんゆんを連れて自分の席につくと、私は机の上に手のひらを広げて置いた。

「では、その短剣を使って私の指の間を連続で突《つ》いて下さい。十数える間に全《すべ》ての指の間を突けなければゆんゆんの負けです。簡単でしょう？」

「待って！　待ってよ！　無理無理、そんなの無理！」

「大丈夫《だいじょうぶ》ですよ、ゆんゆんの腕《うで》を信じてますから。もし刺《さ》さっても我慢《がまん》します。では、よーいどん！　いーち、にーい……」

「もういいから！　今日も私の負けでいいからっ！」

今日も、そんないつも通りの朝だった——

「……ふう。ごちそうさまでした。今日も美味《おい》しかったですよ」

「うう……。たまにはまともな勝負をして欲しいんだけど……」

私が差し出した弁当箱を受け取りながらゆんゆんが涙《なみだ》ぐむ。

「……そう言えばゆんゆんは、後何ポイントで上級魔法《まほう》を覚えられるのですか？」

「ポイント？　あと……。３ポイント。３ポイントで上級魔法を覚えられるわ。そうしたら、その……。ここを卒業しちゃう事になるんだけど……。めぐみんは、後何ポイントで魔法を覚えられるの？」

紅魔族の学校は、魔法さえ覚えればいつでも卒業が可能となる。

ゆんゆんの言葉に自分の冒険者《ぼうけんしゃ》カードを見ると、そこに表示されているスキルポイントは46。

そして、習得可能スキルと書かれた欄《らん》には、《上級魔法》習得スキルポイント30という文字が光っていた。

でも私が覚えたいのは爆裂《ばくれつ》魔法だ。爆裂魔法の習得にはあと……。

「あと4ポイントですね。ということは、順当にいくと私よりもゆんゆんの方が先に卒業という事になりそうです」

「えっ!?　ちょ、ちょっと待って、成績はいつもめぐみんの方がいいのに、どうして私よりもポイントが少ないの？　ていうか、あれっ!?　私一人で卒業……!?」

ゆんゆんがワタワタしている中、担任がやって来た。

ざわめいていた教室内が静かになり、教壇《きょうだん》に立った担任教師が、名簿《めいぼ》を片手に名前を呼ぶ。

「よーし、出席を取るぞー」

担任に名前を呼ばれ、次々に生徒が返事をしていく。

「……どどんこ！　ねりまき！　ふにふら！」

生徒数が十一人しかいない小さな教室では、すぐに私の順番が回ってくる。

「めぐみん！　…………あとゆんゆん！」

「は、はいっ！　……先生、今の間はなんですか？　『あと』って言いましたか？　また忘れそうになっていませんでしたか？」

「よし、では授業を始める！　……と、言いたいところだが。実は近頃《ちかごろ》、里の周辺のモンスターが妙に活発化していてな。俺も校長に頼《たの》まれ、里のニート……、ではなく、手の空いている者達を率いてモンスター狩《が》りをする事になった。お前達は昼を過ぎたら帰ればいい。それまでは、図書室にて各自自習をしている様に。以上！」

質問を無視されたゆんゆんが涙目になる中、担任はそう告げると教室を出て行った。

――ここは魔王《まおう》軍ですら恐《おそ》れる紅魔の里。

そんなところでモンスターが活発化とは珍《めずら》しい。

周辺のモンスター達は里に近づく事すらしないというのに……。

そんな事を考えながら、図書室の中をウロウロして本を探す。

先日読んだ、あの妙な本の続きが読みたい。

『暴《あば》れん坊《ぼう》ロード二巻』、『暴れん坊ロード二巻』……。

——見つけた。

「ゆんゆん、あなたが手にしているその本を探していたのですが。何冊かいろんな本を手にしていますが、すぐ読まないのなら先に読ませてはもらえませんか？」

ゆんゆんが、数冊の本と一緒《いっしょ》に『暴れん坊ロード』の二巻を手にしていた。

「えっと……。いいけど、めぐみんもこんなの読むの？　じゃあ、はい」

そう言って手渡《てわた》された本は『ゴブリンだって会話ができる』『モンスターと友達になろう』。

「誰がこんなもん見せろと言いましたか！　そうではなく『暴れん坊ロード』の方です！」

「えっ、めぐみんもこれ好きなの!?　面白《おもしろ》いよね、私、もう何回も読んじゃって！　二巻の『ニセ君主一行現る！』のラストなんて、まさかご老公が偽者《にせもの》のお供の二人と旅に出ちゃう超《ちょう》展開になるだなんて……」

「ネタバレはやめて下さい！　……っていうか、なんなんですかその他《ほか》の本のチョイスは。タイトルが酷《ひど》すぎますよ。酷すぎ…………。……これは酷い」

「やめてよめぐみん、どうしてそんな同情する目で私を見るの!?　これ見てよ、サボテンにだって心はあるんだってさ！　つまり、植物と友達にも……！」

……この子は一体どうしたものか。

「まったく。そんなに友達が欲しいと言うのなら、私へのライバル宣言を取り消せば……」

「——ちょっとゆんゆん。あんた、またそんなもん読んでんの？　そんなに友達が欲しいのなら、あたしがなってあげよっか？」

横合いからの突然《とつぜん》の声に振《ふ》り向くと、そこには以前ゆんゆんに声を掛《か》けてきたクラスメイトの……。

クラスメイト……の……。

「ふにくらではないですか。友達なんてものは、なってあげるものではないですよ。自然となっているものです」

「ふにふらよ！　あんた、クラスメイトの名前ぐらいちゃんと覚えなさいよ！」

いきり立つふにふらに、ゆんゆんがガッと迫《せま》った。

「今なんて？　その、今なんて言ったの!?」

「ちょっ、ゆんゆん近い、顔近いって！　と、友達になろっかって言っただけで……！」

真剣《しんけん》な顔で迫るゆんゆんに、軽く引きながらふにふらが慌《あわ》てて言う。

それを聞いてゆんゆんが、顔を赤らめながら何度もコクコクと頷《うなず》いた。

おお……万年ぼっちのゆんゆんに、とうとう友達が！

勝手ながらゆんゆんの将来を心配していたけれど、これで少しは安心できる……！

「ふっ……、不束者《ふつつかもの》ですが、これからよろしくお願いします！」

「ねえゆんゆん、あんた友達ってなにか分かってる⁉　分かってるんだよね⁉」

……安心できる……だろう……。

2

「ね、ねえゆんゆん！　新しいのあげるから！　髪留《かみど》めのゴムぐらい、無くしたならまたあげるからさ！　めぐみんも反省してるみたいだし、そんぐらいで！」

「だってだって……！　友達から初めて貰《もら》った物なのに……！」

――ちっとも安心できなかった。

ふにふらが、あんたちょっとオシャレしなよとゆんゆんに髪留めをあげたらしい。

それを貰ったゆんゆんは、嬉《うれ》しくて、一旦《いったん》教室に戻《もど》り、机の奥に大事に仕舞《しま》っておいたらしい。

　──そして。

「ていうか、なんでめぐみんは私の机の中漁《あさ》ったりするの!?　なんで人のゴムを飛ばして遊んだりするの!?　子供なの!?」

　本を読むのに飽《あ》きて早めに教室に戻った私が、暇潰《ひまつぶ》しに窓の外にピンピン飛ばしていたゴムの中に、それが交ざっていたらしい。

　そして現在、髪留めは窓の外の木の天辺《てっぺん》に引っかかり、どうにもならない状況《じょうきょう》にある。

　──私は教室の床《ゆか》に正座したまま。

「違《ちが》うのです。窓の外に見えるあの木の枝に、ほら、ミノムシがぶら下がってるじゃないですか。あれが凄《すご》く気になって気になって、もう撃《う》ち落としたくてたまらなくなり、自分の机の中にあったゴムだけでは仕留め切れなかったので、つい拝借を……」

「『つい』じゃないでしょ、女の子のやる遊びじゃないから！　まったくもう……っ！」

　深々と頭を下げる私に、ゆんゆんがため息を吐《つ》いた。

「ふにふらさん、ごめんね！　その、せっかく貰った物なのに！　家に持って帰ったら、金庫の中に仕舞っておこうと思ってたのに……！」

「そこまでしなくていーから！　重いよ！　ていうか、髪留めなんて使うもんだから！」

ゆんゆんに軽く引き気味のふにふらが、

「それよりさ、そろそろお昼だし。どどんこも交ぜて、向こうで一緒に弁当食べようよ」

なんでもなさ気にそんな事を言った。

「い、いいの!?　一緒にお弁当食べるとか、そんなのまるで友達同士みたいじゃない！」

「いやだから、友達だから！　あたし達、友達になったじゃん！」

ゆんゆんのぼっち癖《ぐせ》は既《すで》に末期に近かったらしい。

「そうですね、もういい時間ですしお昼を食べてとっとと帰りましょうか」

床に正座させられていた私も立ち上がり、二人について行こうと……。

「……めぐみん、お弁当なんて持ってきてるの？」

「ないです」

「ダメじゃん」

ゆんゆんの言葉に答える私に、ふにふらがダメ出ししてきた。

……これはマズい、大変な事に気がついた。

ゆんゆんに友達ができるまではよしとしよう。

でもそれと同時に、今後、貧しい私の大切なライフラインが失われてしまう。

弁当の包みを持ってよそに行こうとするゆんゆんを見ながらオロオロしていると。

「めぐみん、その……。半分だけなら……ちょ、抱《だ》きつかないで！　拝まないで！」

――しかし、女が三人集まれば姦《かしま》しいとは言うが。

「でさー、絶対あの人って、あたしに気があると思うわけよ！　でもどうしよう、あたしってさ、ほら、前世で、生まれ変わったら次も一緒になろうって誓《ちか》い合った相手がいるじゃん？　だからこれって浮気《うわき》？　みたいなね」

「いいじゃないの、前世は前世、今は今。私の運命の相手は最も深いダンジョンの底に封《ふう》印《いん》されてるイケメンな設定……じゃない、そのはずだから、私の場合は早く魔法を覚えて彼を助けに行かないとだし」

なんだろうこの痛々しい会話は。

「そ、そうなんだ、凄いね二人とも！」

ゆんゆんが、緊張《きんちょう》した笑《え》みを浮《う》かべて相槌《あいづち》をうった。

クラスメイトのふにふら、どどんこの席で四人で昼食を食べているのだが、先ほどから謎《なぞ》の恋《こい》バナが止まらない。

脳内で作られた恋人《こいびと》の話と現実がごっちゃになっているらしい。

「で、ゆんゆんは？　ゆんゆんの好みのタイプ……じゃないや、前世での恋人ってどんな人だったの？」

どどんこが、フォークでサラダをつつきながら尋《たず》ねると。

「私!?　その、物静かで大人しい感じで、私がその日にあった出来事を話すのを、隣《となり》でうんうんって聞いてくれる、優《やさ》しい人が……」

「地味ねえ」

「地味だわね」

「まあしょうがないですね、変わり者のゆんゆんですから。ちなみに私の前世は破壊神《はかい》のはずですから、恋人はいませんでした。あ、ごちそうさまです、美味《おい》しかったですよ」

「変わり者!?　ねえ、私って変わり者なの!?　っていうかめぐみん、半分って言ったじゃない！　なのにまたお弁当全部食べた！」

3

学校からの帰り道。

「良かったですね、友達ができて。ゆんゆんは、前世がダイオウコドクムシじゃないのかと疑うぐらいに、ぼっちを貫《つらぬ》いてきましたからね。ちょっと心配だったのですよ」

浮かれながら隣を歩いていたゆんゆんに、私は言った。

「好きで一人でいる訳じゃないからね！　……って、めぐみん口元。あーあー、女の子なんだから少しぐらいは身だしなみに気をつけなさいよ、ソースがついてるわよ？」

言いながら、私の口元をハンカチでかいがいしく拭《ぬぐ》ってくるゆんゆんは、なんだか母親みたいだ。

「実はゆんゆんの事を、友達になろうと言いながら近寄ってくる悪い男に、簡単に騙《だま》されそうな社会適応能力のない子だと思っていたので、明日《あした》からは少し安心できますよ」

「私はめぐみんの事を、ご飯を奢《おご》ってあげるよと言いながら近寄ってくる悪い男に、簡単に騙されそうな生活能力のない子だと思っていたから、明日からが少し不安なんだけどね」

私の口元を拭っていたゆんゆんと視線を交《か》わすと、その場でバッと大きく距離《きょり》を取る。

「面白い事を言ってくれますね。この私がご飯欲しさにノコノコ男について行く、チョロいお手軽女だとでも？」

「めぐみんこそ、幾《いく》らなんでも私の事を侮《あなど》り過ぎじゃないかしら。友達って言葉さえつければホイホイ男についてく様な、チョロい尻軽《しりがる》女だとでも？」

道端《みちばた》でゆんゆんと対峙《たいじ》しながら、不敵に笑いあった。

「おやおや、私には……『俺達友達だろ？』って一言でダメ男にいいように使われているゆんゆんの未来が、簡単に幻視《げんし》できるのですがねえ！」

「私には、生活能力がないから簡単に路頭に迷い、めぐみんのタイプとは真逆な感じのダメ男に、プライド捨ててご飯奢って下さいと泣きつく姿が幻視できたわ！」

……ライバルを自称《じしょう》するこの娘《こ》とは、ここで決着をつけておかないと！

威嚇《いかく》するポーズを取る私に、警戒《けいかい》しながら身構えるゆんゆん。

一触即発《いっしょくそくはつ》な状況の中、突然横合いから声が掛けられた。

「あれ、めぐみんじゃないか」

そちらを見ると、我が家の近所に住む、靴屋《くつや》のせがれが立っていた。

「ぶっころりーじゃないですか。こんな所で何してるんです？」

私やこめっこにとって近所のお兄さんみたいな存在なのだが、『世界が俺を必要とする日がくるまで力の温存をする』とか言い張り、毎日家でゴロゴロしている人だ。

そんな彼が外をうろついているのは珍《めずら》しい。

「最近、モンスターが活発化して、里の近くにまで出没《しゅつぼつ》したらしくてね。さっきまで、里周辺のモンスターを駆除《くじょ》してたんだ。いやあ、『今こそ温存してきたその力を振るう時だ！』って頼《たよ》られてさ、張り切っちゃったよ」

そういえば担任が、里のニート達を率いてモンスター狩《が》りをするとか言っていた。

体《てい》よくタダ働きさせられたのだろうけど、本人は満足そうだしそっとしておこう。

「そういや、普段《ふだん》は見かけない妙《みよう》なモンスターがいてね。あれは何だったんだろう？　この里の周辺にあんなヤツいたかなあ……」

そんな事を呟《つぶや》くぶっころりーが、ふとゆんゆんと目が合った。

「……我が名はぶっころりー。アークウィザードにして上級魔法《まほう》を操《あやつ》る者……。紅魔族《こうまぞく》随一《いち》の靴屋のせがれ、やがては靴屋を継《つ》ぎし者……！　族長の娘さんだね。どうぞよろしく」

「あっ！　は、はい、ゆんゆんです、よろしくお願いします……」

ぶっころりーの大仰《おおぎよう》な自己紹介《しようかい》に、恥《は》ずかしそうに顔を赤らめ、俯《うつむ》きながら小さな声で名乗るゆんゆん。

せっかくの名乗りチャンスなのに、やはりこの娘は変わり者だ。

「で、二人は何してたんだい？　なんか、バトルっぽい熱い雰囲気《ふんいき》だったけど」

「そうでした！　この娘と、どちらが上かを決める血みどろの殺し合いをするのでした！　さあゆんゆん、いきますよ！」

「待って！　普通《ふつう》の勝負するだけじゃなかったの!?　そんな覚悟《かくご》私には無いから！」

4

立てつけの悪い我が家のドアを開け、玄関《げんかん》から中へと呼び掛《か》ける。

「帰りましたよー」

ドタドタと廊下《ろうか》を走る音と共に、出迎《でむか》えの大声が家に響《ひび》いた。

「姉ちゃんお帰り！」

こめっこが、満面の笑みで玄関先に飛び出してきた。

ほっぺたに泥《どろ》をつけ、ローブの裾《すそ》も泥にまみれている。

どうやら、またどこかに遊びに行っていた様だ。

「こめっこ、どこへ出掛《でか》けているのかは知りませんが、なんでも里の周辺にまでモンスターが出没したそうです。妙なモンスターを見たとの話もあるので、あまり出歩いてはいけませんよ？」

「分かった！　あんまりは出歩かない様にする！」

「……いいと言うまで、外に出ない様に」

と、こめっこが、玄関先で靴を脱《ぬ》ぐ私へ一枚の紙を渡《わた》してきた。

「……？　なんですかこれは？」

「なんか、顔色の悪い綺麗《きれい》なお姉ちゃんが来て、『こちらに凄腕《すごうで》の魔道具《まどうぐ》職人さんはいますか？』って言うから、凄腕の魔道具職人はいないよって言ったら、そうですかって言って、これを置いて帰ってった」

……？

よくよく見れば、それは魔道具の注文の紙のようだ。

その隣にはえらく達筆な字で、

『あなたの製作なされる素晴《すば》らしい魔道具の数々に胸を打たれました。ぜひとも、当店と良いおつき合いをさせて頂きたく……』

そんな文章と共に、以下、父を褒《ほ》めちぎる内容が書かれている。

……確かに、父は魔道具を製作する職人だ。

だが、我が父の作る魔道具は強い魔力《まりょく》を持つものの、どれもこれもが欠陥品《けっかんひん》ばかり。

どこの店主か知らないが、他《ほか》の職人と勘違《かんちが》いしているようだ。

もし勘違いでないのなら、この店主は商売センスが狂《くる》っているとしか思えない。

「まあ、他の職人と間違《まちが》えたか、ただの冷やかしですね。店の所在地は駆《か》け出し冒険《ぼうけん》者の街アクセルですか。名前は……」

と、私が手紙を最後まで読み終える前に、こめっこが服の裾をグイグイと引っ張りだした。

「姉ちゃんお腹空《なかす》いた！　料理して！」

「はいはい、今何か作ってあげますよ。……というか、大した材料はなかったはずなのですが。野菜か何かが余ってましたっけ」

　――こめっこに引っ張られて台所に立つと、そこには調味料や皿が並べられ、既《すで》に鍋《なべ》も用意されていた。

　それらの横には野菜の切れ端《はし》などが置かれている。

　貧乏《びんぼう》な我が家においての、何の変哲《へんてつ》もないいつもの材料。

　野菜スープでも……と思っていると、鍋からカタカタと小さな音が。

「……？」

　ふたを開けると、そこには……。

「……こめっこ、その、この子はもう少し太ってからにしましょうね」

「昨日よりは太ったよ！　いつぐらいに食べる？　明日？」

「も、もうちょっと待ちましょう、もうちょっと」

今日は、こめっこに朝ごはんをたくさん食べさせたから大丈夫《だいじようぶ》だと思って置いていったのだが、やはりこれからは学校に連れて行こう。

――うん、そうしようと決めると、私は鍋の中で震《ふる》えるクロを抱《だ》き上げた。

5

今日は学校が休みだ。

週に一度の忌々《いまいま》しいこの日は、私にとって苦難の一日となる。

なぜならば………。

「姉ちゃん、おはよう！　今日は学校ないんでしょ？　じゃあわたしと一緒《いっしょ》に朝ごはん食べよう！」

「……こめっこ、朝ご飯は、朝早く出掛けて行った我が母が台所に用意してあるはずです。一緒に置いてある、私の分も食べていいですよ。私はこのまま、カロリー温存のために一日動かずにいますから」

私は布団《ふとん》から出ず、起こしに来たこめっこに告げた。

だがこめっこは、その場から動かず。

「学校がない日はゆんゆんから朝ごはんもらえないんでしょ？　食べよう！」

……妹の言葉を聞き、仕方なく布団から出た。

学校が休みな以上、今日はゆんゆんから得られる弁当を頼れない。

普段は、学校で朝食が食べられるからと、自分の分の朝ごはんを育ち盛りのこめっこに与《あた》えているのだが。

優《やさ》しい妹は、休みの日になると朝ご飯を一緒に食べようと誘《さそ》いに来る。

「しょうがないですね、今日の朝ごはんはなんですか？」

「おにぎりとシャケ！」

「……月末ですからこの献立《こんだて》もしょうがないですね。でも、私はシャケは苦手なので、代わりにこめっこが食べて下さい」

「それじゃあ、コイツの餌《えさ》にしよう」

言いながら、こめっこは私と一緒に布団から這《は》い出てきたクロを見た。

本当は自分で食べたいだろうに。

そんな、優しい妹の頭を撫《な》でていると……。

「**……じゅるっ**」

……クロを見てヨダレを垂らした妹を促《うなが》し、台所に。

「クロ、わたしのシャケの皮も食べる？」

「にゃうー」

「皮には栄養があるんですよ、残さず食べるのがよいです」

こめっこと食事を終えると、私は今日の事に頭を巡《めぐ》らす。


——父は魔道具を作る職人なのだが、父の作る魔道具はいかんせんクセがある物ばかりでなかなか売れない。

売れたとしても二束三文で買い叩《たた》かれるため、我が家はいつも貧乏だ。

月の終わりに、母と二人で街へ魔道具を売りに行くので、この時期は私と妹の二人で生きていく事となる。

今日の朝から出掛けると言っていたので、数日は帰って来ないだろう。

食料が置いてある冷蔵室には、大した食べ物はなかったはず。

となると……。

「こめっこ。これから里に散歩に行きますよ。そして、食料を……」

がりっ。

「ミギャッ！」

……何かをかじる様な音と共に、クロが小さな鳴き声をあげた。

「……今、クロをかじりましたか？」

「生は美味《おい》しくなかった」

——これはいよいよ急がなくてはいけない。

「こめっこ、いいですね？　あなたの目標はおじいちゃんです。私は、この溢《あふ》れ出る魅《み》力《りょく》で若い男に貢《みつ》がせてみます」

「魔性《ましょう》の姉ちゃん！」

「ふふふ、見ていなさいこめっこ、あまりこんな事はしたくありませんでしたが、冷蔵室を見る限り、かなりマズい状況《じょうきょう》の様です。……おっと、言っている間にも早速《さっそく》カモが」

クロを、まるでぬいぐるみの様に片手で抱き締《し》めているこめっこの手を引き、良い姉を演出しながら私はカモに近づいた。

「靴屋《くつや》のイケメンぶっころりーではないですか。おはようございます、いい朝ですね」

「……俺、無職だし金ならないぞ」

庭で決めポーズの練習をしていたご近所さんのぶっころりーは、私の笑顔《えがお》に警戒《けいかい》しながら先手を打ってきた。

ただのニートだと思っていたが、侮《あなど》れない男かもしれない。

「まさか。この私が、幼い頃《ころ》からお世話になってきた尊敬するぶっころりーに、お金をせびろうとする訳がないではないですか。ちょっとお腹が空いているだけですよ」

「何が尊敬するだよ、結局タカる気は満々じゃないか！　肩身《かたみ》の狭《せま》い無職な俺には、家から何か食べ物を持ってきてやるだなんてできないよ。悪いけど、他をあたって……」

「お兄ちゃん、お腹空いた！」

「待ってろよこめっこ！　お兄ちゃんが、ちょっと家から食い物かっぱらってきてやるからな！」

駆け出して行くぶっころりーの背中を見送りながら、私の手を握《にぎ》るこめっこに。

「……今日からは、魔性のこめっこを名乗ってもよいですよ」

「我が名はこめっこ！　家の留守を預かる者にして紅魔族随一《こうまぞくずいいち》の魔性の妹！」

魔性の妹は、この後もたくさんの貢ぎ物を巻き上げていった。

6

「めぐみん！　分かってるわね!?」

朝からなぜそんなにテンションが高いのか、今日も教室に着くと同時にゆんゆんに絡《から》まれた。

「分かってますよ、朝ごはんの時間ですね。ついでにこの子の食事もお願いします」

「朝ごはんの時間ってなによ！　毎日、どうして私が負けるのが前提で……。……えっ、この子って、クロちゃんの分？　クロちゃんのごはんも私が用意するの!?」

ゆんゆんが朝からテンション高く叫《さけ》ぶ中、私は自分の肩《かた》にへばりついていたクロを、これみよがしに抱《かか》え上げた。

「嫌《いや》なら別に構いませんが。ただ、我が家はあまり裕福《ゆうふく》な方ではないので、受け入れられないと言うのならばこの子は飢《う》える事に……」

「分かったわ！　分かったわよ、その子の分もごはんをあげればいいんでしょう!?　で、でも、それはあくまでめぐみんが勝ってからだからね!?　それに、その子の分までごはんを用意しろって言うのなら、今日の勝負内容は私に決めさせてもらうわよ！」

「いいですよ」

「それが嫌だって言うのなら…………えっ？　いいの？」

驚《おどろ》きの表情を浮《う》かべるゆんゆんに、私はもう一度。

「いいですよ。勝負内容はゆんゆんが決めてくれて構いません」

「……ッ！」

私のその言葉にゆんゆんは、パアッと顔を輝《かがや》かせて小さくガッツポーズを取る。

そして、途端《とたん》にハッと表情を引き締めて。

「勝負は一回こっきりだからね？　勝負内容を決められるのは三回勝負の内の最初の一回だけだとか言い出さないでよね⁉」

「言いませんよそんな事、私をなんだと思っているのですか」

即答《そくとう》する私の言葉に、だがゆんゆんは未《いま》だ疑わしそうに。

「今負けたのは本物の我ではない。今のは我の仮の姿。この後の第二形態に勝ってこそ、真にゆんゆんの勝ちと言えるだろう……なんて、もう言わないわよね？」

「あんな昔の事をまだ覚えていたのですか。ちなみに私には第四形態までありますが、今日は一度でも勝てばその場で負けを認めてあげますよ」

それを聞き、今度こそゆんゆんは、安心したようにホッと息を吐《は》いた。

「じゃっ……、じゃあ！　勝負は腕相撲《うでずもう》！　これなら貧弱なめぐみんには負けないわ！」

ゆんゆんは自分の机の上に腕を置き、袖《そで》をまくり上げて自信たっぷりな笑みを浮かべた。

抱えていたクロをゆんゆんの視界に入るように机の隅《すみ》に置き、私も袖をまくって腕を置いた。

そのまま、手を合わせてしっかり握ると、そんな騒《さわ》ぎに興味を持ったのか、眼帯をつけた長身のクラスメイト、あるえが近づいてくる。

「あるえ、ちょうどいいです。審判《しんぱん》をお願いします」

「……ふむ、いいだろう。我が魔眼の前には何人《なんぴと》たりとも不正は通らず。それでは、両者、構えて……！」

私の頼《たの》みに、あるえは身につけていた眼帯を大仰《おおぎょう》に外すと床《ゆか》の上に正座する。

「ところでゆんゆん。今回は私が勝ったら、私とクロ吉《きち》の分のごはんをもらう訳ですが。今日も私はスキルアップポーションを持っていません。あなたが勝った際には何を要求するのですか？」

「えっ!?　わ、私の要求!?　そ、そっか、そうよね……。それじゃあその……。い、一緒に……。明日《あした》の朝から、私と一緒に、学校へ……！」

床に正座したまま机の上に顎《あご》を乗せ、机の端《はし》に両手をかけたあるえが叫んだ。

「ファイッ！」

「そおいっ！」

「えっ？　あああああっ！　待って！　くううう！」

あるえの不意《ふい》討《う》ちの開始の声と共に一気に勝負を決めに入るが、ゆんゆんはギリギリで持ち堪《こた》えた。

体格的には私よりも上のゆんゆんは、そのままジリジリと押し戻《もど》してくる。

不意討ちが効かなかった以上、かくなる上は……！

「くっ……。このままでは、今日の朝はごはんは抜《ぬ》きですか……。ゆんゆんのお弁当は美味しいので、毎日のささやかな楽しみだったのですが……」

「!? そ、そんな事言ってもダメだからね!? 今日こそはめぐみんに勝つの！ そして、紅魔族随一の天才の肩書《かたが》きは私がもらうわ！ 族長の娘《むすめ》ゆんゆんじゃなく、それ以外の肩書きを……！」

ゆんゆんは、族長の娘ということで特別扱《あつか》いされている事を気にしていたらしい。

私に毎日突《つ》っかかってくるのは、単に私以外に構ってもらえる相手がいないだけかと思っていた。

だが、紅魔族随一の天才という肩書きだけは譲《ゆず》れない……！

「くっ、このままでは、私はおろかクロ助までもが食事にありつけなくなります……！ 貧しい我が家ではクロ太郎《たろう》の食事までは手が回らないのです。大切なクロ平《べい》のためにも、負けるわけには参りません……！」

「えっ！ そ、それは……。ていうか、大切とか言いながらクロちゃんの名前が細かく変わってるじゃない！　ダシに使ってるだけなんでしょ!?　私の良心につけ込もうとしているだけなんでしょ!?」

良心を刺激《しげき》され、ゆんゆんの力が抜けて膠着状態《こうちやくじようたい》になる中で、あるえが真剣《しんけん》な表情で。

「膠着状態！　残り制限時間は三十秒！　この時間内に決着がつかなければ二人は死ぬ！」

「「ええっ!?」」

突然《とつぜん》そんな自分ルールを追加したあるえに戸惑《とまど》っていると、クロが机の上を歩き、ゆんゆんの傍《そば》に寄る。

そして、私と拮抗《きつこう》して腕を震《ふる》わせているゆんゆんの手をクンクン嗅《か》いで甘えだした。

「や、やめてクロちゃん、私が勝ってもクロちゃんのごはんぐらいはあげるから……！」

そんな仕草を見せないで……！」

「ペットの物は飼い主の物！　私の分のごはんが無ければクロのごはんを取り上げると知るがいいです！」

「卑怯者《ひきよう》ー！」

「ウィナー、めぐみん！」

あるえが私の右腕《みぎうで》を上げ宣言した。

7

「先日、里のニート……手の空いていた勇敢《ゆうかん》なる者達を引き連れ、里周辺のモンスターを駆除《くじょ》した事は知っているな？　おかげで現在、里の周りには強いモンスターがいない。弱いモンスターはあえて残してもらって、危険なものだけを駆除してもらった。今日の授業は野外での実戦だ。比較的《ひかくてき》安全になった里周辺で、我が紅魔族に伝わる、養殖《ようしょく》と呼ばれるレベル上げ方法を使って全員のレベルの底上げをする。という訳で、校庭に集合する事！　あと、三人グループを三つとペアを一つ作っておくように！　以上だ！」

出欠を取り終えた後、担任は今日の予定を告げて出て行く。

と、教室内が賑《にぎ》やかになった。

クラスメイト達が好きな者同士で寄り集まっていく中、ゆんゆんが自分の席に座ったまま、私の方をチラチラ見てくる。

「なんですか？　自称《じしょう》私のライバルのゆんゆん」

「自称!?　いや、その……そうだけど……。……グループ作りだってさ」

「そうですね。グループだそうですね。それが何か？」

突き放した言い方をしてみると、目に見えてオロオロしだすゆんゆん。

……まったく。

相変わらず、一緒《いっしょ》に組みたいと自分から素直《すなお》に言い出せないらしい。

まあ、ごはんももらった事だし、ここは自分から、

「めぐみん。組む人がいないなら私とどうだい？」

自分の方から誘《さそ》おうとしていると、いつの間にか近くにいたあるえが声を掛《か》けてきた。

確か、三人グループでも良かったはずだ。

「いいですよ。一緒に組みましょうか」

「!?」

隣《となり》ではゆんゆんが、そんなやり取りを見ていよいよ困ったようにソワソワしだした。

そんなゆんゆんを、私とあるえがなんとなく見る。

ゆんゆんは、やがてこちらに向けてオドオドしながら、

「あ、あの、めぐみん、私も」

何かを言いかけた、その時だった。

「ねーゆんゆん、あたし達と一緒に組むでしょ？」

「うんうん。いつもあぶれてるよね？　入れてあげるよ」


ふにふらとどどんこがゆんゆんに声を掛けてきた。

二人はにこにこと笑《え》みを浮かべながら、ゆんゆんの席にやって来る。

「えっと……。でも……」

だが誘われたゆんゆんは、どうしようかと迷う視線でこちらをチラッと見て。

「ほら、行こーよゆんゆん。クラスメイトなんだしさ」

「そうそう、友達でしょ？」

「!?　とっ、友だ……！　う、うん、それじゃあ……」

〝友達〟の一言で、ゆんゆんは顔を赤くしながら立ち上がった。

チョロい、なんてチョロい。

やはりこの子は、将来悪い男に振《ふ》り回されそうな気がする。

ゆんゆんはまだこちらを気にしながらも、ふにふらに背中を押されながら教室から出て行った。

その後ろ姿を見送る私に、あるえがポツリと……。

これが寝取られ……
ね、寝取られじゃない！

8

校庭で、担任教師がマントをなびかせながら声を張り上げた。

「よし、全員揃《そろ》ったな！　武器を持っている者は自分のを使っていいぞ。武器を持っていない者は、モンスターにトドメを刺《さ》すのにこれを使え！」

言いながら、地面に置かれている物を指す。

それは様々な武器の山。特筆すべきは多くの武器が……、

「せ、先生！　武器が大き過ぎてどれも持てそうにないんですが……」

そう、どれもこれもがえらく大きかった。

長身のあるえの身の丈《たけ》をも超《こ》える大剣《たいけん》や、私の体よりも大きな刃《は》を持つ斧《おの》。

オーガですら振り回せそうもない巨大《きょだい》な鉄球がついたモーニングスターなど……。

と、担任が私達の目の前で巨大な大剣を軽々と持ち上げた。

細身な体格のクセに、担任は顔色一つ変えずに片手で持ち……！

「コツは、自らの体に宿る魔力《まりょく》を肉体の隅々《すみずみ》まで行き渡《わた》らせる事だ。それにより、我々紅魔族《こうまぞく》は一時的に肉体を強化させる事ができる。今日までの授業を通して、実はお前達に

その基礎《きそ》を叩《たた》き込んできた。意識さえすれば、自然とその力が使えるはずだ！」

担任のその言葉に、あるえが一歩前に出る。

そして……。

「……我が魔力よ、我が血脈を通り我が四肢《しし》に力を与《あた》えよ！」

あるえは一声叫《さけ》ぶと、身の丈以上もある大剣を片手で持ち上げた！

「「「おおっ！」」」

「えっ!?　す、凄《すご》い……！　凄いけど、今のセリフは必要だったの!?」

一人ツッコんでいるゆんゆんを尻目《しりめ》に、他《ほか》の生徒達も次々と武器の前に群がった。

「この子、私の持てる全《すべ》ての魔力を注いでも壊《こわ》れないだなんて……！　さあ、あなたには名前をあげる！　そう、今日からあなたの名前は……！」

巨大なハルバードを両手で抱《だ》きかかえ、武器に名前をつける者。

「フッ!!　……へえ、今の素振《すぶ》りにも耐《た》えるなんて、なかなかの業物《わざもの》ね。いいわ、これなら私の命を預けられる……！」

片刃《かたば》の長剣《ちょうけん》を何度も素振りし、不敵な笑みを浮《う》かべる者。

それらを横目にしながら、私も巨大な斧を手にした。

私の魔力ならば、これぐらいいいけるはず……！

「……くっ、まだ魔力が足りない様ですね……！　我が魔力よ燃え上がれ……！　さあ、その力を、その恩恵《おんけい》を我に……！」


私は斧を手にして、ふらつきながらも持ち上げた。

まだだ。まだ魔力が足りない！

私は紅魔族において随一《ずいいち》の天才！　私ならこれくらいは……！

歯を食い縛《しば》りながら斧を持ち上げる私の横で、ゆんゆんが。

「せ、先生、これ全部ハリボテじゃないですか……。木に金属メッキがされてるだけで、どれもこれも凄く軽いんですけど……」

「ゆんゆん、減点五だ」

「ええっ!?　ちょ、先生っ！」

私は重い斧を放《ほう》り出し、一番小さい木剣《ぼっけん》を拾い上げた。


――里の外に広がる森の中。

担任の前に並んだ私達は、各自思い思いの武器を手にしていた。

皆《みな》が刃のない武器を携《たずさ》える中、ゆんゆんだけが本物の武器を握《にぎ》っている。

先日鍛冶屋《かじや》で買った、銀色の短剣《たんけん》だ。

「よし！　いいかお前ら、よく聞けよ。先ほども言ったが、先日、この周辺の強力なモンスターは軒並《のきな》み狩《か》った。なので、残っているのは弱いモンスターばかりだ。そいつらも念には念を入れて、俺が片《かた》っ端《ぱし》から魔法《まほう》で身動きを取れなくする。お前達は、動けなくなったモンスター達にトドメを刺せ」

担任が巨大なハリボテの剣を手にしたまま言ってきた。

「問題ないとは思うが、もし何かあったら大声を出すように。では、解散！」

担任はノリノリでそう告げると、どこへともなく走って行った。

それに伴《ともな》い、クラスメイト達があちこちに散らばっていく。

——と、その時。

「『フリーズ・バインド』！」

担任が去っていった方向から、そんな声が聞こえてくる。

私とあるえがそちらに向かうと、そこには……。

「「おお……」」

流石《さすが》は、腐《くさ》っても紅魔族で魔法を教える教師。

恐《おそ》らく担任がやったのだろう、そこには首から下を氷漬《こおりづ》けにされた、小さく呻《うめ》く大トカゲがいた。

「『フリーズ・バインド』——！」

またも遠くから聞こえる担任の声。

嬉々《きき》として付近のモンスターを無力化させている様だ。

私はあるえと顔を見合わせ。

「お先にいいかい？」

あるえの呟《つぶや》きに私はコクリと頷《うなず》いた。

あるえがハリボテの大剣を両手で構えて振りかぶる。

「その生命を以《もっ》て、我が力の糧《かて》となるがいいっ！」

大剣がトカゲの頭に振り下ろされ、首から下を氷漬けにされたトカゲはキュッと鳴いた後、クタッと動かなくなった。

あるえは自分の冒険《ぼうけん》者カードを見ると、満足そうに一つ頷く。

レベルが一つ、上がったらしい。

私が爆裂《ばくれつ》魔法を覚えるのに必要なスキルポイントは、残り4ポイント。

ここで狩りまくれば、今日中に魔法を習得するのも不可能ではない！

経験値の素《もと》を探して辺りを見回すと、首から下を氷漬けにされた角の生えた大きな兎《うさぎ》を前に、何やら騒《さわ》いでいるグループがいた。

角持ちの兎に銀の短剣を構えたまま動かないゆんゆんだ。

悲しげな目で命乞《いのちご》いをするかの様にキューキュー鳴く兎を目にして、トドメを刺せずに固まっているらしい。

「ゆ、ゆんゆん、早く殺《や》りなよ！　早く狩って、次に行かないとさ！」

「そ、そうそう、成績二番手の優等生なんだから、まずはゆんゆんがお手本見せてよ！」

短剣を手にしたまま戸惑《とまど》っているゆんゆんを、グループを組んだ二人が急《せ》かしていた。

「ご、ごめん、この子と目が合っちゃって……！　ごめん、無理！」

涙目《なみだめ》で首を振り、短剣をしまって二人に差し出すゆんゆんに、二人はそれを受け取らず。

「今からそんな事言っててどーすんの！　あたし達紅魔族は、そんな甘っちょろい種族じゃないっしょ？　そんなんじゃ舐《な》められるから！」

「そそ、そうそう、動かないんだから簡単よ、クラス二番手の実力を見せてよ！　それでサクッと……！」

「では、サクッといってみましょうか」

私はゆんゆんを煽《あお》っていた内の一人、どどんこの背後に立つと、その背中をグイグイ押

して、

「えっ⁉　ちょっ！」

ゆんゆんから短剣を奪《うば》うと、慌《あわ》てた声を出すどどんこの手にそれを強引《ごういん》に握らせた。

驚《おどろ》くどどんこを後ろから抱きかかえるように、短剣をしっかり握らせ、腰《こし》の前に構えさせる。そして……。

「さあどどんこ！　殺るのです！　このつぶらな瞳《ひとみ》をした憐《あわ》れな兎を、あなたの経験値の足しにするのです！」

「待って！　ねえ待って！　めぐみん待ってお願い許して！」

「何を遠慮《えんりよ》しているのですか、この無垢《むく》な兎を汝《なんじ》の力の生贄《いけにえ》に……！　さあ、成績二番手のゆんゆんではなく、首席の私が直々に指導を……！」

「待ってえっ！　やめて、ほんとやめて！　それ以上押したら刃が刺さる！　キューって鳴いてる！　この子、キューって鳴いてるっ！」

「ちょ、めぐみんやめっ！　どどんこ泣いてっから！　やめ、おいやめろってば！」

ふにふらとどどんこが騒ぐ中。

「……おい君達。なにか、ヤバイのがいるんだけど」

あるえが森の方を指さして呟いた。

言われるままに視線をやると、そこには一体のモンスター。

両手に鋭《するど》い爪《つめ》を持ち、漆黒《しっこく》の毛皮に覆《おお》われ、コウモリの翼《つばさ》を生やした人型の悪魔《あくま》。

爬虫類《はちゅうるい》の顔にクチバシがついたその頭が、辺りをせわしなく見回している。

強そうだとか色々あるが、一番の問題点はそいつが氷漬けにされていない事。

ここは、そっと離《はな》れて担任を……。

――と、そいつの視線が、コソコソと逃《に》げようとしていた私に真っ直《す》ぐ向けられた。

9

「「先生先生先生先生――――ッ!!」」

ふにふら、どどんこの二人が大声で叫びながら全力で逃げる中。

「めぐみん、アレは知り合い？　なんか、思い切り狙《ねら》われてるけど」

「知り合いな訳ないじゃないですか、アレは私に秘《ひ》められた力を恐れし、魔王《まおう》の尖兵《せんぺい》か何かで……、ほ、本当に、なぜ私を追いかけてくるんですか！」

「めぐみんの日頃《ひごろ》の行いが悪いからよー！　こないだ、エリス教の祭壇《さいだん》に置かれてたお供えかじってるの見たんだからね⁉」

両隣《りょうどなり》を走るあるえとゆんゆんの声を聞きながら、私はモンスターに追われていた。

空に舞《ま》い上がったモンスターは他の者には目もくれず、なぜか私だけを追いかけてくる。

他の生徒の姿も目に入っているだろうに、ゆんゆんの言う通り罰《ばち》でも当たったのだろうかと心配になる。

私とあるえは、走る邪魔《じゃま》になるあの大きな武器はとっくに捨てていた。

散っていった他のグループの者もこちらの騒ぎに気づいた様だが、魔法を使える者がいないこの状況《じょうきょう》では……！

と、背中でモゾモゾしている何かに気づく。

背中に爪を立てて引き剝《は》がされまいとしているクロだ。

——閃《ひらめ》いた！

私は背中にへばりついていたクロを引き剝がすと、それをモンスターに見えるように高々と掲《かか》げ。

「仕方ありません、この毛玉を差し出しましょう！　どうです？　私よりも美味《おい》しそうでしょう！　我が妹がごはんにしようと言い出す程《ほど》ですから！」

「流石は首席、発想が違《ちが》うね！」

「酷《ひど》すぎる！　そんな事ばかりしてるからモンスターに追われるのよ！」

ゆんゆんに叱《しか》られながらもクロを掲げると、モンスターは空中で旋回《せんかい》し、目の前にゆっくりと降りてきた。

外見は凶暴《きょうぼう》そうだが、その行動にはあまり敵意は感じられない。

ふにふらとどどんこの二人は既《すで》に遠くに逃げ、他《ほか》の生徒達が遠巻きに見守る中で、私はモンスターと対峙《たいじ》した。

と、ゆんゆんが無言で私の前に立つ。

両手で握った短剣の、銀色の刃《やいば》を煌《きら》めかせ、私とあるえを後ろに庇《かば》い、モンスターへと身構えた。

まともな武器を持っているのはゆんゆん一人。

どうやら、兎も殺せない小心者のクセに私達を守る気らしい。

私の隣《となり》で、あるえが自分の冒険者カードをチラリと見た。

この場で強力な魔法を覚えられないかを確認《かくにん》したのだろう。

……私なら、既に上級魔法を習得できる。だが、それをやってしまうと爆裂魔法が……。

しかし、引っ込み思案で小心者なゆんゆんがこうしている以上、ここで私が、ゆんゆんに後《おく》れを取る訳には……！

「闇色《やみいろ》の雷撃《らいげき》よ、我が敵を撃《う》ち貫《つらぬ》け！　『カースド・ライトニング』！」

そんな叫《さけ》びと共に、一条の黒い稲妻《いなずま》がモンスターの胸を貫いた。

声もなく崩《くず》れ落ちるモンスターを横目に声がした方を見ると、そこには、巨大《きょだい》な剣《けん》を肩《かた》に載《の》せ、悠然《ゆうぜん》とこちらに歩いてくる担任の姿。

普段《ふだん》はちょっと問題のある教師だが、こんな時には頼《たよ》りになるし格好良い。

――と、担任を呼びに行ってくれたのだろう、その隣にいたクラスメイトが。

「先生、魔法の詠唱《えいしょう》も終わってたのに、どうしてあんなギリギリまで待ってたんですか!?」

「**？　一番格好良いタイミングで助けるために決まってるだろう**」

……ちょっとじゃなく、酷く問題のある担任教師だった。

10

「ねえ聞いた？　めぐみん達を襲《おそ》ったモンスターって、この辺りじゃ見た事もないヤツらしいよ。空を飛べるモンスターなんて、里の周りにはいないんだってさ」

あのモンスターの乱入で野外授業は中止になり、早々と学校に帰ってきたのだが、教室内では早速《さっそく》そんな噂《うわさ》が飛び交《か》っていた。

机の上のクロのしっぽを引っ張ったりしてそんな話に耳を傾《かたむ》けていると、なんだか疲《つか》れた様子の担任が入ってきた。

担任は肩を落としながら教壇《きょうだん》に立つと。

「お前らよく聞けー。邪神《じゃしん》の墓の封印《ふういん》が解けかけていた事は話したな？　今朝の野外授業で、変わったモンスターに出くわしただろう。調査の結果、アイツは邪神の下僕である可能性があるとの事だ。封印の欠片《かけら》を探しているのだが、相変わらず欠片は見つかっていないそうだ。急いで調査を進めないとマズい。という訳で俺も、今から駆《か》り出される事になった。昨日に続いてモンスター狩りだ。……よって、今日も午後の授業は無しだ。先日も言ったが、墓の再封印がなされるまでは一人で帰らず集団で下校するように。以上だ！」

担任はそれだけ伝え、教室から出て行った。

邪神だかなんだか知らないが、迷惑《めいわく》な話だ。

「めぐみん。……あ、あの……きょ、今日も……」

何か言いたそうにチラチラとこちらを見るゆんゆん。

まったく、一緒《いっしょ》に帰ろうと素直《すなお》に言ってくればいいのに。

「……ゆんゆん、一緒」

「ねえゆんゆん、一緒に帰ろう！　ていうかさ、ちょっと話があるんだ！　それと、さっき置いて逃げちゃった事を謝りたくってさ！」

……私の言葉を遮《さえぎ》る形で、ふにふらがゆんゆんに声を掛《か》けた。

「えっ⁉　あ……、う、うん」

押しに弱いゆんゆんは、断りきれずにアッサリ頷《うなず》く。

相変わらず、雰囲気《ふんいき》に流されやすい危《あや》うさのある子だと思う。

見知らぬ男でも、土下座されてお願いされたら言う事聞いてしまいそうな。

「えっと、じゃ、じゃあねめぐみん。また明日《あした》……」

どことなく不安そうで、寂《さび》しそうな表情のゆんゆんは、二人の後について帰って行った。

…………。

万年ぼっちなゆんゆんに友達ができるのは良い事だ。

良い事なのだけども、なんだかちょっと……。

と、背後に気配を感じて振《ふ》り向くと、何か言いたそうなあるえがいた。

「…………**寝取**《ねと》」

「それ以上言ったら、その忌《い》まわしい巨乳《きよにゆう》をエライ目に遭《あ》わせますよ！」

11

——翌日。

猫《ねこ》のクセにやたらと肩に引っついてくる人懐《ひとなつ》っこいクロを連れ、教室に入ったのだが。

「あ、めぐみんおはよう。……クロちゃんもおはよう」

いつもは私の姿を見つけると、嬉々《きき》として勝負を挑《いど》んでくるゆんゆんが、なぜか普通《ふつう》に挨拶《あいさつ》してきた。

「おはようございます。……どうしたんですか？　いつもは私の顔を見ると、まるで野盗《やとう》か山賊《さんぞく》のごとく、必ず喧嘩《けんか》を売ってくるクセに」

「私、そこまで無法者だった!?　いや、まあ間違《まちが》ってはいないけどさ、も、もうちょっとこう、言い方を……。ライバル同士の勝負、とか……」

もにょもにょ言うゆんゆんの傍《そば》に、二人組が近づいて来る。

ふにふらとどどんこだ。

「ゆんゆんおはよう！　昨日はありがとね！　助かったあー！　やっぱ、持つべきものは友達だよね！」

「そうそう、ありがとね！　さすがゆんゆん！」

「あ、その……。わ、私も、友達の助けになったのならよかったよ……！」

ゆんゆんがパアッと顔を輝《かがや》かせ、笑《え》みを浮《う》かべた。

……なにがあったんだろう。

「よーし、お前ら席に着けー！　では、出欠を取る！」

ゆんゆんに聞こうか聞くまいか迷っていると、担任が来てしまった。

——出欠を取り終えた担任が、魔法《まほう》の詠唱文を黒板につらつらと書いていく。

魔法を習得するには、ただスキルポイントを貯《た》めればいいだけではない。

まず、習得したい魔法の詠唱を全《すべ》て覚えなければならない。

そして、魔法が少なく詠唱の必要もない初級魔法とは違い、上級魔法の習得にはそれなりに手間が掛かる。

が、首席の私は既に全魔法の詠唱を丸暗記してしまっている。

そして、それは私の隣で退屈《たいくつ》そうにしている、成績二番手のゆんゆんも同じらしい。

暇《ひま》を持て余した私は、ゆんゆんにちょっかいを掛ける事にした。

『ふにふら達と、昨日何かあったのですか？』

ノートの切れ端《はし》にそんな事を書き、それを丸め、ゆんゆんの机の上に飛ばしてやる。

ゆんゆんがそれに気がつき、私からのメモを読むと……。

『友達同士の秘密な事だから、ライバルのめぐみんには言えない』

そんな返事が書かれたメモを、私の机の上に転がしてきた。

……凄《すご》く、イラッときた。

『万年ぼっちだった子が、友達ができて一日二日経《た》っただけで、随分《ずいぶん》大きく出ましたね』

そんなメモを送ってやると、

『めぐみんだって、なんだかんだ言って結構ぼっちじゃない』

そんな返事が転がってきた。

ゆんゆんの方をチラッと見ると、こちらを見て勝ち誇《ほこ》った様にニマニマしている。

…………………。

『新しい友達ができたから……。……それで、私に勝負を挑まなくなったんですね？　ゆんゆんに友達ができて嬉《うれ》しい反面、寂しいですね……』

『ちょっと待って、ごめん、ごめんね？　別に、そんなつもりで勝負を挑まなくなったんじゃないから！　単に、昨日色々あったからそんな気分じゃなかっただけで……！』

『いいんです、いいんですよ、私の事は。でも、なんだかんだ言って、毎朝のゆんゆんとの勝負、結構楽しみにしてたんですよ？　お弁当的な意味だけではなく』

『違うから！　本当に！　本当に、違うから！　私もめぐみんとの勝負が楽しみで、毎日お弁当作るのも楽しみで……！』

『……そう言ってくれるだけで十分です。私達、きっとライバル同士でさえなければ、いい友人になれたと思いますよ？』

…………。

私がそこまで書いて送ったところで、ゆんゆんの返事が止まった。

ゆんゆんの方をチラ見すると、真っ赤な顔で何かを書きかけて固まっている。

遠目でなんとなくゆんゆんの手元を見ると、

『いつか、めぐみんと……友』

まで書いたところで止まっていた。

そんなゆんゆんの様子を見て、私はある事を書いたメモを丸め、固まっているゆんゆんの視界に入る様にペシと飛ばす。

目の前に転がってきたそれを見て、赤い顔で固まっていたゆんゆんがハッと顔を上げた。

なんだか期待が入り混じった様な顔で目を潤《うる》ませながら、飛ばしたメモを開き……！

『……とでも言うと思ったか？　バカめ！』

──紙を見て椅子《いす》を蹴《け》って立ち上がったゆんゆんが、泣きながら襲い掛かってきた。

12

学校前の校庭で、私とゆんゆんは未《いま》だに言い合っていた。

「……まったく。この子はどうしてこんなに冗談《じょうだん》が通じないんでしょうか」

「何が冗談よ！　絶対に許さない！　絶対に！」

本気で泣いて突《つ》っかかってきたゆんゆんのおかげで、前の授業は二人仲良く廊下《ろうか》に立たされた。そして今は、戦闘《せんとう》訓練という名目の体育の授業中だ。

「ほらそこ！　うるさいぞ、この授業でも立たされたいのか。幾《いく》ら詠唱を暗記しているからといって、授業の妨害《ぼうがい》だけはするな。二人とも減点二十だ！　……よし。では、この時間は戦闘訓練だ。だが、今日の訓練は一味違《ちが》うぞ。……先ほどから睨《にら》み合っているそこの二人！　お前達に質問だ。戦闘で生き残るために最も必要なものとは何か？」

担任の質問に、ゆんゆんが前に出た。

その雰囲気から、あきらかにこちらを意識しているのが分かる。

「仲間です！　仲間がいれば、生存率は飛躍的《ひやくてき》に上昇《じょうしょう》します！　もっとも、たとえ冗談でもやっちゃいけない事があるというのを理解しない、頭に大きな欠陥《けっかん》がある仲間は論外ですが！」

……お、おのれ……！

「ふむ。……では、次！　めぐみん！　戦闘で生き残るために必要なものとはなにか？」

「火力です！　仲間だなんだと綺麗事《きれいごと》をゴネゴネ言う寂しがり屋も、一緒に吹《ふ》っ飛ばすような超《ちょう》火力！　力！　圧倒的《あっとうてき》な力！　友達欲しい、仲間が欲しいとモジモジするぐらいなら、私は孤高《ここう》の魔法使《まほうつか》いを目指します！」

「ぐぐぐ……！」

ゆんゆんが、未だに涙目《なみだめ》のままで私を睨みつけてくる。

担任は私達の答えを聞いて、腕《うで》を組みながらうんうんと頷いた。

「「先生、何点ですか!?」」

「共に三点。ガッカリだ！　お前達にはガッカリだよ！　お前達二人は、そこで正座でもして話を聞いてろ！　……ペッ！」

この教師、とうとう唾《つば》を吐《は》いた！

ゆんゆん以上に、この教師にこそ腹が立つ！

悔《くや》しさでプルプル震《ふる》えながらも大人しく校庭で正座する私達を尻目《しりめ》に、担任が大声を張り上げた。

「あるえー！　お前なら分かるだろう！　そこの、成績のみ優秀《ゆうしゅう》な〝なんちゃって紅魔《こうま》族《ぞく》〟とは違うお前なら！」

なんちゃって紅魔族！

ゆんゆんと二人で正座しながら、私達はギリギリと歯を食い縛《しば》る。

やがて、担任から指名を受けたあるえが前に出た。

片目を隠《かく》している眼帯を、くいっと上げて――

「**戦闘前のセリフです。**これさえ間違わなければ、たとえ武器が大根一本だろうが、一人で百万の軍勢に立ち向かおうが死ぬ事はありません。逆に、どんなに強力な力を持つ魔王《まおう》でも、『冥土《めいど》の土産《みやげ》に教えてやろう！』や、『お前達が私に勝つ確率は0・1％だ』などとのたまうと、高い確率で死にます」

「百点！　後でスキルアップポーションをやろう！　紅魔族に伝わる『死なないためのセリフ名鑑《めいかん》』は全員暗記しているな？　では、各自ペアを作り戦闘前のセリフを練習せよ！」

担任の言葉にクラスメイト達が思い思いにペアを作った。

とはいえ、このクラスの人数は十一人。

普段《ふだん》は私が体育をサボっているので数が合うが、今日のところはサボる気はない。

私は正座を解いて立ち上がり、同じく隣《となり》で正座していたゆんゆんに。

「……ゆんゆん、ペアを組みますよ。ふにふらとどどんこは、恐《おそ》らく二人で組むでしょう。なら、あなたは余りますよね？」

「……いいわよめぐみん、組もうじゃない。セリフの練習なんかで終わらせないから！」

どうやらお互《たが》い、考えている事は同じのようだ。

「先生、余りそうなので私と組んでもらっていいですか？」

「おう、構わんぞあるぇ。……では、各自始めー！」


——クラスメイト達が和気あいあいと名乗りを上げる中、私とゆんゆんだけは真剣《しんけん》な表情で対峙《たいじ》していた。

「いよいよ決着をつける時がきたようですね。コツコツと積み重ねてきた者が、最後には必ず勝つのです。私は、そう信じています。貧しい家庭の生まれながらも、一歩一歩歩んできた私ですが……。族長の娘《むすめ》として、生まれながらのエリートとして育ったあなたには負けられません！　生まれや才能なんかではなく、努力した者が勝つって事を私が証明してみせます！」

「私は今まで、ただの一度もあなたに勝った事はなかった……。でも、たとえ勝てる可能性がほんの僅《わず》かだとしても……。それがゼロじゃないのなら、私は絶対に諦《あきら》めないっ！」

お互いが決意を秘《ひ》めた言葉を紡《つむ》ぎ……、

「「……………」」

そして、対峙したまましばらく黙《だま》り込んだ。

「……なんですか！　ずるいですよ、そんな主役みたいなセリフ吐いて！　私が負けそうな気がしてきたじゃないですか！　さっきは仲間がどうとか言っていたのですから、それらしいセリフを吐くべきです！」

「めぐみんだって、火力がどうとか言ってたんだから、もっと悪役っぽいセリフ言いなさいよ！　大体、なにがコツコツと積み重ねてきた者よ、めぐみんは天才肌《はだ》じゃない！　それに、私の家の事を持ち出すのはズルいわよ！」

戦闘前のセリフにより、勝利の確率を上昇させる。

紅魔族に伝わるこの秘技は、相手が紅魔族では意味をなさない……！

「もう面倒《めんどう》です！　戦闘訓練の授業なのですから、実際に拳《こぶし》でケリをつけましょう！　お互いそれで言いっこなしです！」

「私なら別に構わないわよ！　でも、体格で下回るめぐみんが私に勝てるの？　今日は、いつもみたいな小細工は通用しないわ！」

ゆんゆんが、そんな事を叫《さけ》びながら先手を打って攻撃《こうげき》してきた！

牽制《けんせい》する様に前に出たゆんゆんが、私の腹の辺りを軽く蹴る。

それで私との距離《きょり》を測ったのか、腰《こし》を落として地面を踏《ふ》みしめ……！

「みゃー」

私のお腹《なか》の部分から聞こえた声に、ゆんゆんが動きを止めた。

正確には、お腹というか服というか。

懐《ふところ》に潜《もぐ》っていたクロが、ゆんゆんに軽く蹴られた事で鳴いたらしい。

「あ……ああ……」

ゆんゆんが状況《じょうきょう》に気づき、途端《とたん》にオロオロしだした。

「どうしたのですか？　ワタワタしだして。それ以上こないというのなら、今度はこちらから行きますよ？」

「待って待って！　ねえ待って！　お腹にクロちゃん入れるのやめてよね！　それじゃ攻撃できないじゃない！」

にじり寄る私に対し、不安気な表情で後ずさるゆんゆん。

「先ほど仲間がどうとか言っていたゆんゆんなら、こんな時はどうするのですか？　ほらほら、仲間というのは一方的に助けてくれるものじゃなく、時にはこうして、人質《ひとじち》に取られたり足を引っ張ったりもするのですよ！　私なら、仲間もろとも超火力でぶっ飛ばしてやりますが！　ほらほら、攻撃できるものならしてみなさい！　あなたが名づけたこの猫《ねこ》を、蹴れるものなら蹴るがいいです！」

「卑怯《ひきょう》者ーっ！」

13

ゆんゆんとの対決に勝利し、その帰り道。

「めぐみんって、私との勝負でまともに戦った事ってないよね！」

「勝負の後は言いっこなしだと言ったのに、ゆんゆんって根に持つタイプですね！」

一人で帰ろうとする私の後を、邪神《じゃしん》の墓に再封印《さいふういん》がなされるまで一人で帰るのは危ないからと、律儀《りちぎ》についてくるゆんゆんと未だ言い争っていた。

「大体、ゆんゆんがあの二人と何があったのかを教えてくれないから、変に気になってこんなにこじれたのではないですか。そんなに恥《は》ずかしい事なのですか？　ちょっとぐらい教えてくれたっていいじゃないですか」

「は、恥ずかしい事じゃないから！　ていうかダメよ、絶対に他《ほか》の人には内緒《ないしょ》だからって口止めされてるんだもの！　だって、友達の秘密は守るものでしょ？」

本当に、この娘はなんてチョロい。

断言できる、ゆんゆんは将来、絶対にダメな男に引っ掛《か》かる。

私は絶対にこうはならない様にしよう。

「……まあいいです。でもゆんゆん、あなたの友人の悪口を言うつもりはないですが、あの二人についてはあまりいい噂《うわさ》は聞かないですよ？　何があったかは知りませんが、少しは疑ったりした方がいいですよ」

「めぐみんが疑《うたぐ》り深過ぎるのよ。一体どう育ったらそんな風に人を疑えるの？」

「我が家の家庭事情では、まずは疑って掛からないと。ただでさえ生活がギリギリなのに、おかしな詐欺《さぎ》にでも引っ掛かったら皆《みな》路頭に迷います。ウチの妹の話ですが、先日も、我が父の作る欠陥ばかりの魔道《まどう》具が素晴《すば》らしいと、えらく褒《ほ》めちぎってきた店主がいたそうですよ？」

「そ、それは……。まあ、そこまでいくと私も詐欺だとは思うけど……」

暗に、ゆんゆんも父の作品を欠陥商品だと認めているのだが、これはもう仕方がない。

たとえば、暗い所で読み上げると周囲を照らす事ができる魔法《まほう》の巻き物《スクロール》。

それだけ聞くと便利なアイテムの様に聞こえるが、暗い所ではそもそも巻き物が読めず、僅かな灯《あか》りでもあると巻き物の効果が無いという、訳が分からない代物《しろもの》だ。

他にも、開けると爆発《ばくはつ》するポーション、衝撃《しょうげき》を与《あた》えると爆発するポーションなど、一体何に使うのかも分からない物ばかり作っている。

趣味《しゅみ》に生きるのもいいが、最低限のお金は確保して欲しいものだ。

……まあ、ネタ魔法と呼ばれる爆裂《ばくれつ》魔法を覚えようとしている私が言える事でもないのだけど。

やがて我が家が見えてくると――

「……まあそんなに、友達がいない友達がいないと、あまり気に病《や》む事はないと思いますよ？　案外、ゆんゆんの事をちゃんと理解している人もいるかもしれませんしね」

キョトンとしているゆんゆんに、私はそれだけ告げると家に帰ろうと……。

して、不審《ふしん》な男が家の前をウロウロしているのに気がついた。

「ね、ねえめぐみん、誰《だれ》かいるよ!?」

「窓から中の様子を窺《うかが》ってますね。一体どこのストーカーでしょう……、おや？」

窓から家の中を覗《のぞ》いている男。

それは、暇《ひま》を持て余しているご近所さん、靴屋《くつや》のせがれのぶっころりーだった。

私に用があるなら堂々と訪ねてくればいいものを。

「そこで何をやっているんですか?」

「うおっ⁉　あ、ああ、めぐみんか……。よかった、待ってたんだよ。というか実は、相談したい事があってね。といっても、今日はもう遅《おそ》いから……。明日《あした》は祝日だし、学校も休みだろ?　明日の朝……。できれば、そっちのゆんゆんにも相談に乗って欲しいんだ。若い女の子にしかできない相談でさ」

私達は、そう言って頭を掻《か》くぶっころりーを前に、顔を見合わせた——


「——帰りましたよー」

「姉ちゃん、お帰り!」

ドタドタと駆《か》けて来るこめっこに。

「お腹空《す》きましたか?　今、何か作りますからね」

そう言って笑い掛けると、こめっこはふるふると首を振《ふ》った。

「空いてない。たくさん食べたよ」

……たくさん食べた?

家にそんな余分な食べ物は無かったはずだが。

これでクロを家に置いていたとしたら怖《こわ》いセリフだけど、ちゃんと私の肩《かた》にしがみついているのでそれもない。

不思議に思い、台所へ向かうと……。

そこに大量の食べ物が置かれているのを見て絶句した。

野菜に果物、お菓子《かし》まで。

というか、ちょこちょこオモチャまで交じっているのだが……。

「これはどこで手に入れたのですか？」

私の問いに、こめっこは真剣な顔で。

「我が名はこめっこ！　家の留守を預かる者にして紅魔族《こうまぞく》随一《ずいいち》の魔性《ましょう》の妹！」

そう言って、ポーズを決めた。


――この子は将来、絶対大物になる。

幕間劇場【弐幕】

――こめっこさんとホースト様――

「おう、今日は遅かったじゃねえか。さあ、続きをやろうぜ」

邪神のお墓の前には、今日もホーストが座っていた。

「封印のパズルは一つだけだと思っていたら、まだ残ってるなんてなあ……。おい、こめっこ。今日こそはウォルバク様の封印を解く。よろしく頼むぜこめっこさんよ」

「分かった」

パズルを解いたと思ったら、台座の中からもっと難しいパズルが出てきた。

「ほれ、今日も食べ物を持ってきてやったぜ。もっとも、里の外で狩ってきた獲物を焼いた物だけどな。俺が里の店で買い物する訳にはいかねえから、これで勘弁してくれ」

ホーストが、そう言ってよく焼けた何かのお肉をドサリと……。

「……じゅるっ」

「……パズルを解く作業が進んだらな？　しかし、何だってこんな所にいたんだ？　母ちゃんはどうした。友達はいねえのか？」

「母ちゃんはいつも家にいないよ。里に同じ年の子がいないから、友達もいない。おもちゃもないから、これで遊んでたんだよ」

「……なるほど。まあ、なんだ。そのパズルが解けるまでは、俺様がこうして話相手にはなってやるからよ。今度のパズルは難しそうだし時間も掛かるだろ。里の警備が厳しいから毎日は来れないが、たまにこうして来た時には、また何か食い物持ってきてやるからよ」

ホーストが、言いながらわたしの手元を覗き込み……。

「進んでねえな」

「うん」

ゴクリと唾を飲み込んだわたしに、ホーストが。

「……これが気になるのか」

「……うん」

先程からチラチラとお肉を見ているのに気づいたのか、ホーストはニイッと笑う。

「悪魔にとって契約は絶対だ。パズルを解く作業が進んだらな？　って言ったよな？」

わたしはパズルを解く手を止めて、ホーストの方をチラッと見た。

「ホーストってかっこいいよね」

「煽てたって聞き入れられねえなあ」

「……もうみっかもかたいたべものをくちにしてないんです」

「昨日、俺様が狩ってきた獲物を平らげてたじゃねえか。泣き落としは通じねえぞ」

「わたしは姉ちゃんを越える大魔法使いになるもの。これ以上怒らせない方がいい……」

「ガキのクセに、どこでそんなセリフを覚えてきたんだ。悪魔には脅しも通じねえぞ?」

ニヤニヤとしながら言うホーストに。

「……お腹空いて頭が働かないのでごはんください。お願いしますホースト様」

「へっ！　ったく、しょうがねえな！　オラ、とっとと食えよこめっこ！」

ホーストが獲ってきたごはんは、塩味しかしなかったけど美味しかった。

大きなお肉の塊を食べ終わったわたしに、ホーストが。

「よーし。どっちが上かハッキリしたな。腹も膨れただろう。それじゃこめっこ、このホースト様の言う通りにするんだぜ。ほら、そろそろパズルを解きな」

「……満腹になったら眠くなってきちゃった」

「おまっ！　ふざけんなよ、目一杯食っといてそれはねえだろ！　おいこらこめっこ！」

ホーストの前で地面にゴロンと腹ばいになると、寝っ転がったままでパズルをいじる。

「お腹はいっぱいになったけど、やる気がでない」

「……お、お願いします、頑張ってくださいこめっこさん」

「へっ！　ったく、しょうがねえなー！」

「お、俺が教えといてなんだが、ガキがそんな言葉覚えるんじゃねえ！」

第三章

紅魔の里を守る者《ガーディアンズ》

1

「おはようめぐみん。朝食は食べた？」

「おはようございます。最近、妹が色んな方から貢《みつ》がせている様でして。そのおこぼれをもらっているので、お腹いっぱいですよ」

「そ、それって人としてどうなの？」

今日は紅魔族の祝日なので休校日だ。

快晴とは言えない曇《くも》り空。

私とゆんゆんはぶっころりーの相談に乗るべく、こうして朝早くから集まっていた。

「ふふっ、めぐみん、これを見て！」

ゆんゆんが、嬉々《きき》として何かを取り出す。

それは、とあるボードゲームだった。

確か、王都で人気のある対戦ゲームのはず。

「どうしたんですか、それ？」

「王都に旅行に行ってたおじさんが、お土産《みやげ》にくれたのよ。『これは一人じゃ遊べない物だから、これがあればきっとお前も……』とか、よく分からない事言ってたけど」

……ゆんゆんのおじさんも色々と気を回しているのだろう。

「これを学校に持って行こうかと思うんだけど、その前に、ぶっころりーさんが来るまでやってみない？」

「……まあ構いませんが。頭を使うゲームで負ける気はしませんよ？」

芝生《しばふ》の上でボードゲームをする事に。

「じゃあまずは、私からいくわね……！」

――三十分後。

「くうううう！　こ、ここっ！　このマスに、『ソードマスター』を前進させるわ！」

「このマスに『アークウィザード』をテレポート」

「めぐみん、テレポートの使い方が嫌《いや》らしい！　……ねえ、『アークウィザード』は使用禁止にしない？」

「しません。ほら、そうこう言っている間にリーチですよ」

「あああああ、待って、待って！」

――一時間後。

「や、やった、このままいけば何とか勝てそう……！　さあめぐみん、これで終わりよ！

このマスに『クルセイダー』を……」

「エクスプロージョーン！」

「あーっ！　めぐみんズルい、盤《ばん》をひっくり返すのはズルいわよ！」

「でも、このルールブックにちゃんと書いてありますよ？　ほらここに、『アークウィザードの駒《こま》が自陣《じじん》に残っている際には……』」


——二時間後。


「もう一回！　ねえめぐみん、もう一回お願い！」

「何度やっても私の勝ちですよ、もう諦《あきら》めてください。……というか、このゲーム結構面《おも》白《しろ》いですね。勝者の権利として、しばらく借りていきますよ」

「ああっ！　ま、待って！　ていうか、このゲームのルールがおかしいのよ！　エクスプロージョンとかテレポートとか！　誰《だれ》よこんなルール考えた人は！」

涙目《なみだめ》のゆんゆんが、悔《くや》しげに駒を指で弾《はじ》く。

「しかし、肝心《かんじん》のぶっころりーが遅《おそ》いですね。一体何をしているのでしょうか」

「……呼びに行ってみる？」

ゆんゆんの言葉に従い、近所にあるぶっころりーの家へ向かう。

ぶっころりーの家は、この里随一の靴屋《くつや》さん。

この地には靴屋が一軒《けん》しかないので、自然と里随一の靴屋になる。

店に入ると、店主であるぶっころりーのお父さんがいた。

「ごめんください。ぶっころりーはいますか？」

「おっ、めぐみんじゃないか、らっしゃい！　せがれならまだ寝てるぜ」

……おい。

「すいません、起こしてもらっていいですか？　実はぶっころりーから、『いたいけな少女の君達に相談があるんだよ、はあ……はあ……！』とか言われてまして」

「あの野郎《やろう》！」

ぶっころりーのお父さんは、即座《そくざ》に二階へと駆《か》け上がっていく。

「ちょ、ちょっと！　ぶっころりーさんが言っていた事とは、大体合ってるけど大きく違《ちが》うわよ！」

「人を呼びつけといて呑気《のんき》に寝ているニートには、このぐらいしてやらないと」

二階から怒鳴《どな》り声と悲鳴が聞こえ、やがてぶっころりーが駆け下りてきた。

「ひいいっ！　ああっ、めぐみん！　酷《ひど》いじゃないか！　親父《おやじ》に、『このロリコン野郎！』とか怒鳴られていきなり叩《たた》き起こされたよ！」

「人に相談を持ち掛《か》けといて、約束の時間を過ぎても寝ているからではないですか。ほら、とっとと行きますよ！」

「あっ、ちょっと待ってくれ！　俺、まだ着替《きが》えてもいない！」


——着替えを済ませたぶっころりーと共に外に出た私達は、里に一つしかない奇抜《きばつ》なメニューの喫茶店《きっさてん》に入る事に。

「ゆんゆん、好きな物を頼《たの》んでください。ぶっころりーの奢《おご》りなので遠慮《えんりょ》する事はないですよ。あ、私はカロリーが一番高いパフェをお願いします」

「それって俺が言う事じゃないのか!?　金なんてほとんど無いのに……」

「ええっと、私はお腹いっぱいなので、その、お水でいいです……。めぐみん、今朝はたくさん食べたんじゃなかったの？」

テーブルに着いて注文を終えた私達は、改めてぶっころりーの相談に乗る事に。

「今日はすまないね。相談っていうのは他《ほか》でもない。実は俺……。好きな人ができたんだ」

「ええっ！」

「ニートのクセにですか!?」

「ニートは関係ないだろ！　ニートだって、飯も食えば眠りもするし、恋《こい》だってするさ！」

ぶっころりーが抗議《こうぎ》してくるが、既《すで》に私とゆんゆんは聞いてはいなかった。

「こ、恋バナだ！　ねえめぐみん、恋バナだよ！」

「まさか、身近な人のこんな甘酸《あまず》っぱい話を聞くだなんて思いもしませんでしたね。……というか、相手は誰なんですか？　ひょっとして、私達の知っている人とか。いえ、もしかして、私達のどちらかだとか……！」

「おい、失礼な事言うなよ。二人とも自分の年を考えてくれ。俺はロリコンじゃ……や、止《や》めろっ、止めろよ二人とも！　悪かったから、俺のコーヒーにタバスコ入れようとするのは止めてくれ！」

慌《あわ》てて謝るぶっころりーは、急に真剣《しんけん》な表情をすると。

「……その。俺が好きな人っていうのは……」

2

——魔力《まりょく》の豊富な紅魔族《こうまぞく》は、魔法《まほう》関連の仕事に就《つ》く事が多い。

魔道具《まどうぐ》職人だったり、ポーション職人だったり。

そして、ぶっころりーが片思い中の女《ひと》は、普段《ふだん》は占《うらな》い屋を営み、修行《しゅぎょう》が好きで、暇《ひま》な時には一人で山に籠《こ》もって必殺技《ひっさつわざ》の練習をしてたりする、どこにでもいる普通《ふつう》の性格の紅魔族だ。

喫茶店を出た私達は、そんな彼女の店へと向かっていた。

「しかし、よりにもよってそけっとですか。ニートのクセに、理想が高いですね」

「ニートのクセにって、ニートが理想を高く持っちゃいけないのか。いいかめぐみん、人間、理想は高く持つべきなんだ。それは仕事においてもそうだ。俺は靴屋なんかじゃなく、もっとデカい仕事に就きたいんだ……！」

「でも、お付き合いしたいっていうのなら、お仕事ぐらい見つけてからの方が……」

変な持論を展開しているぶっころりーについていきながら、そけっとについて考える。

「相手は、紅魔族随一《ずいいち》の美人と呼ばれるそけっとです。それに対してこちらは、なんの取り柄《え》も変哲《へんてつ》もない、親の仕事を継《つ》ぐのも嫌がる将来性もないニート。……ぶっころりー、今日のところは私達二人が遊んであげますから、もう諦めませんか？」

「冷静に分析《ぶんせき》しないでくれ！　もしかしたら、ダメ男が好きな変わり者かもしれないじゃないか。まずは好みのタイプがどんな男かを聞くべきだ」

「自分がダメ男だという事は理解しているのですね。そこは好感が持てます。まあ、どうせ暇ですし、やるだけやってみましょうか」

「あ、あの、自分がダメだって分かっているのなら、努力して真っ当な人間になるってのじゃいけないんですか？　タイプの男性像を聞いてくるぐらい構いませんけど……」

私やゆんゆんの言葉を背に受けながら、ぶっころりーはズンズン進む。

同性の私達に、そけっとから、現在気になっている男性はいないのか。そして、好みの男性のタイプはどんな人なのかを聞き出して欲しいらしい。

ぶっころりーが私達に相談を持ち掛けてきたのは、つまりはそういう事だった。

「好きなタイプぐらい自分で聞けばいいと思うのですがね。その方が、話のきっかけだってできると思いますし」

「そんな度胸と社交性があったなら、未《いま》だにニートなんてやってる訳ないだろ。……おっ、見えてきた！」

どうしようもない事を自信満々に言うぶっころりーは、そけっとの店を、木に隠《かく》れながら遠巻きに観察する。

占い屋の前には、紅魔族一の美人と呼ばれるそけっとが、ほうきを手にして掃《は》き掃除《そうじ》をしていた。

そけっとほどの美人だと、そんな当たり前の姿も絵になるものだ。

「そけっとは、相変わらず綺麗《きれい》だなあ……。ゴミになって、あの人の足下《あしもと》に散らばって集められたい……」

「ニートなんて既にゴミみたいな存在《もの》ではないですか」

「め、めぐみん！」

そんな事を言いながら観察していると、そけっとは大きく背伸《せの》びをして店に引っ込んでいってしまった。

そこでハタと閃《ひらめ》いた。

閃いてしまった。

「ぶっころりー！　これです！」

「ど、どれ⁉　ゴミになって足下にって作戦か？　いや、いくら何でもそんな変わったプレイはお付き合いしてからの方が……」

「何をバカ言っているのですか、違います！　良い考えが浮《う》かんだのですよ。そけっとの店は、占い屋です。彼女はとても腕《うで》のいい占い師ですから、彼女に占ってもらうのです！　そう、ぶっころりーの未来の恋人《こいびと》を！」

「ああっ！　それはいいかも！　占いで、そけっとさんの姿が映れば良し！　告白する手間も省けるし、そのままお付き合いすればいいわ！　そして、他の女性が映ったのなら何をしてもうまくいかないって事だから……」

告白して見事にフラれるよりは、傷も浅いのではないだろうか。

そんな私の提案に、だがぶっころりーは。

「ニート舐《な》めんな、占いをしてもらう金があったなら、毎日店に通い詰《つ》めてるさ」

「私達、もう帰ってもいいですかね」

帰ろうとする私達に必死で頭を下げるぶっころりー。

しかし、こうなると一つ問題が。

「ねえ、そけっとさんは店に入っちゃったし……。私達が好みのタイプを聞くにしても、いきなり訪ねていって唐突《とうとつ》にそんな事を言うのもどうかと思うんだけど……」

そう、私達にとっても初対面に近いそけっとの店に、いきなり訪ねていってそんな事を聞けるはずもなく。

と、ぶっころりーが腕を組み、真面目《まじめ》な顔を見せた。

「仕方ない。ここは一つ、占い代を工面しようか……！」

3

紅魔族の里の周りは、強力なモンスターが多数生息している。

並の冒険者《ぼうけん》では倒《たお》すどころか逃《に》げる事すら難しい、その手強《てごわ》いモンスター達の毛皮や内臓は、物によっては高値で取引される。

そんな高値で捌《さば》けるモンスターを狙《ねら》い、私達は里のそばの森へと足を踏《ふ》み入れていた。

「ね、ねえめぐみん……。本当に大丈夫《だいじょうぶ》かな……？　いくらぶっころりーさんがついてるからって、一度にたくさんのモンスターが襲《おそ》ってきたら……」

「まあ大丈夫でしょう。このニートは、ニートなだけあって常に暇を持て余し、この森にもちょこちょこ入って小遣《こづか》い稼《かせ》ぎや経験値稼ぎをしているみたいですから」

「ニートニートうるさいよ。ニートにだって人権はあるんだ。……それにしてもモンスターがいないな。この間めぐみん達の野外実習のために、手の空いてる者で強いモンスターを駆除《くじょ》して回ったからなあ。……おっと、ようやく見つけた！」

先頭を歩いていたぶっころりーが声を潜《ひそ》めた。

その視線の先には、木の根をほじくり返している一匹《ぴき》の黒い生き物。

強靱《きょうじん》な前足で、人の頭など一発で刈《か》り取る威力《いりょく》を誇《ほこ》る必殺の一撃《いちげき》を放つ、一撃熊《いちげきぐま》というモンスターがいた。

「一撃熊か。あれの肝《きも》は高く売れるんだ。……よし」

ぶっころりーは何かの魔法の詠唱《えいしょう》を始め、やがて……。

「『ライト・オブ・リフレクション』」

唱えていた魔法を発動させた。

それと同時に、しばらく先を歩いていたぶっころりーの姿が掻《か》き消える。

光を屈折《くっせつ》させて姿を見えなくする魔法を使ったらしい。

草が所々踏みつけられていくのを見るに、姿を消したまま近づいて行っている様だ。

と、一撃熊が突如《とつじょ》立ち上がり、鼻をふんふんと蠢《うごめ》かせる。

やがて——


思い切り、こっちを向いた。

「「ちょっ⁉」」

隠れながら見ていた私達とバッチリ目が合った一撃熊は、獲物《えもの》を見つけた喜びからか咆《ほう》哮《こう》を上げ、真っ直《す》ぐこっちへ向かってくる。

「ゆんゆん、確か短剣《たんけん》を……！　短剣を持っていたでしょう！　格好良い我がライバルゆんゆん、私のために戦ってください！」

「普段は適当にあしらってるクセに、こんな時だけライバル扱《あつか》いするのは止《や》めてよね！　こんな短剣一つで、あんなの相手にできる訳ないじゃないのよー！」

逃げようとするも、一撃熊が意外に速い！

というか、ぶっころりー！

ぶっころりーはっ!?

「あのニートはどこに隠れているのですか!?　早く退治してくださいぶっころりー！」

「あああ、こここ、こっち来ないでえええええええっ！」

一撃熊が間近に迫《せま》ったその時。


「『ライト・オブ・セイバー』ッ！」


何も無い空間から、突然《とつぜん》ぶっころりーが現れると、叫《さけ》ぶと同時に手刀を振るう。

振るわれた手刀に沿って、光の筋が走り抜《ぬ》けた。

光の筋が走った跡《あと》には、ぶっころりーに背を向けたままの一撃熊。

肩《かた》から脇腹《わきばら》までを一閃《いっせん》された一撃熊は、こちらに向かって数歩進むと、光が通り抜けた部分から二つに分かれて崩《くず》れ落ちた。

「ふう……。いつもなら、俺の匂《にお》いに気づいてもしばらくキョロキョロして、すぐに警戒《けいかい》を解くんだが……。二人とも、どうだった？　倒すタイミングは良かったかな？　もしそけっとが危機に瀕《ひん》している時があったなら、今ぐらいのタイミングで飛び出せば……痛いっ！　ちょっ、ちょっと待ってくれ！　悪かった、いや、飛び出すタイミングを計るのは紅魔族《こうまぞく》なら当たり前の事で……！」

私とゆんゆんは、ぶっころりーに無言で肩パンし続けた。

「――まったく、こんな危険な場所でふざけるもんじゃないよ。モンスターの死体はすぐに処理しないと、血を嗅《か》ぎ付けて、他《ほか》のモンスターが集まってくる事があるんだぞ？」

地面に転がされたぶっころりーが、服に付いた泥《どろ》を払《はら》いながら立ち上がる。

「私達が怒《おこ》る原因を作った、あなたがそれを言いますか。その熊《くま》の肝を取って、とっとと帰りますよ」

数人の紅魔族が狩《か》りに出る場合は、あえてこうして死体を処理しないままさらし、他のモンスターを呼び寄せる事もある。

だが、この中でまともに戦えるのはこのニートだけだ。

「……ねえ」

と、ゆんゆんが私の服の袖《そで》をクイクイ引いた。

そちらを見ると、ゆんゆんは表情を引きつらせ、真っ青な顔で私達の後ろを見ている。

そして……。

「ああ、あれ……」

小さく震《ふる》えながら、ある方向を指さした。

嫌《いや》な予感を覚えながらそちらを見れば……！

「逃げますよっ！　ぶっころりー、熊の肝は諦《あきら》めましょう！　この作戦は失敗です！」

「うおおおおお、ちょ、ちょっと待ってくれえええええ！」

「「「ゴルァアアアアアアー！」」」

そこには、仲間を殺されて気が立っている一撃熊の群れがいた――！

4

「――さてゆんゆん。そろそろお昼ですし帰りましょうか」

「そうね。それじゃあまた明日《あした》、学校でね」

「待ってくれ！　二人とも見捨てないでくれ！　頼《たの》むよお……！」

里に逃げ切った私達がそう言って帰ろうとすると、ぶっころりーが泣きついてきた。

一撃熊の群れを一人で引きつけてきたせいか、あちこちが泥まみれになっている。

タダでさえそんな汚《よご》れた格好で、私達の前に土下座し、顔を歪《ゆが》めて泣く年上のニートの姿は、さすがに同情を誘《さそ》うが……。

「……はあ。分かりましたから、いい大人が、学生に土下座しないでください。もうちょっとだけつき合いますから……。しかし、どうしましょうかね。ぶっころりーの恋人候補を占《うらな》ってもらう作戦が……」

「というか、どうしてあの一撃熊達はあんなところに集まっていたんだろう。本来、一撃熊ってのは群れたりしないはずなんだが……」

ぶっころりーがしょげ返りながらそんな事を。

「お父さんも最近の森の様子がおかしいって言ってたけど、あの変わったモンスターが出た事と関係あるのかな？」

ゆんゆんも考え込みながらそんな事を言ってくるが、私達に分かるはずもない。

「ともかく、ここでこうしていても始まりません。そけっとの店に戻《もど》りましょうか」

——と、私の提案で再び店へと向かったのだが……。

「……準備中の札が掛《か》かってるわね。そけっとさん、どこかに出かけたのかな？」

そんなゆんゆんの言葉を聞き。

ポンと私達の肩を叩《たた》いたぶっころりーが……。

そけっとの事なら俺に任せてくれなんせ**俺とそけっとの仲**だからね、まずそけっとは**朝七時頃に起きる**んだ、健康的だよね、その後シーツを洗濯かごに放り込んでから朝食の準備に移るんだけど、そけっとは毎朝**うどんばかり食べる**んだよね、そんなにうどんが好きなのかな？　彼女は鍋に水を張ってお湯を沸かしている間に**歯磨きと洗顔**を済ませるんだ、効率的だよね、**顔も良い**上に**頭も良い**よね、**そけっと賢いよそけっと。**うどんを食べた後は朝食の食器と一緒に昨日の晩ご飯の時の洗い物も済ませるんだよねそけっとは、前日の**晩ご飯の食器を浸け置きしておく**んだよ本当賢いよね、きっと良い奥さんになれるよね、そけっとはそれからお風呂に入るんだよ、**朝からお風呂**だよ綺麗好きなんだよね、**夜も入るし朝も入る**んだ、だからあんなに綺麗な肌をしてるんだろうね、お風呂から上がると新しく出た洗濯物をかごに入れて洗濯するんだよ、**ここだよ、ここが大事なんだよね、**彼女は**洗濯物をすぐ洗っちゃう**んだよ、これって凄く困るよね、いや困らないよ、うん別に困らない、いや困……やっぱり困らないよ、**だって俺にはやましい事なんて何もないからね**、洗濯が終わった後は**散歩**に行くんだよそけっとは、本当に健康的だよね、しばらくウロウロした後店に行くんだよ、その後は君達も知っての通りさ、まずは店の**掃除**を始めるんだ、本当に綺麗好きだよね、それに家事全般が上手そうだよね、しばらく掃除した後は店に引っ込んで出て来なくなるんだよ、きっと中で退屈してると思うんだ、本当、お金さえあれば毎日通うんだけどね、その後お客が来なくて退屈したのか店の外に出てくるんだ、それから**ストレッチ**したりお客が来ないかなーなんて**あちこちキョロキョロ**するんだよ、可愛いよね、**綺麗**なだけじゃなくて**可愛い**だなんて反則だよ本当に、**そけっと可愛いよそけっと**、後は店を閉めてどこかに出掛けちゃうんだよね、お店放り出してだよ、こんな**奔放**なところも素敵だよね、**自由**すぎるっていうかさ、ほら俺なんかも**自由を謳歌するニート**だからね、その辺も**相性バッチリ**だと思うんだ、まあそれはいいとして、今の時間帯だとそけっとが店に帰ってくるまで**あと二時間ちょっとっ**てとこかな、このまま待っててもいいんだけどね。……どうする？

と、目をキラキラさせて、とびきり濃厚《のうこう》な情報を教えてくれた。

「……ま、まるでいつも見ている様な言い草ですね、軽く引きますよ。……どうしてそんなに詳《くわ》しいのですか？」

「そりゃあ、暇《ひま》さえあれば、ここに来ては色々と調べてるからさ。そして俺は、自慢《じまん》じゃないが里の中で一番暇がある」

本当に自慢じゃない。

というか……。

「そ、それってストーカ」

「おっとゆんゆん、それ以上言うのはいくら族長の娘《むすめ》でも許さないぞ」

この男、ここで背後から襲《おそ》って埋《う》めてしまった方がいいかもしれない。

「ともかく、肝心《かんじん》のそけっとが居ないのでは仕方ありません。今日はもうお開きという事で……」

私の言葉にゆんゆんがコクコク頷《うなず》くも。

「大丈夫《だいじょうぶ》だ、行き先なら見当がついているんだ」

ぶっころりーが自信あり気に言ってきた。

「――本当にいましたね」

「うん……」

そこに居た事を喜んでいいのか、ここまで知っているぶっころりーを通報した方がいいのか。

ぶっころりーに案内された私達は、複雑な思いで、雑貨屋の店先で商品を眺《なが》めるそけっとを遠巻きに見ていた。

「な？　俺だってやれば出来る。このくらいの調査は朝飯前だ」

だから調査じゃなくてストーカー……。

「……まあ何にせよ、今回は外にいます。あれなら私達が声を掛けても不自然ではないでしょう。ゆんゆんと二人で、さり気なく好みのタイプとやらを聞いてきますよ。行きますよゆんゆん。私に会話を合わせてください」

「分かったわ。早く聞いて、こんな事さっさと終わらせようよ」

どんよりと疲《つか》れた目をしているゆんゆんを連れ、私達はそけっとがいる雑貨屋へと入った。

「おっと、ゆんゆん見てください。これなんて可愛《かわい》くないですか？」

「か、可愛いね！　こんなのを好きな人に贈《おく》ったら、きっと…………ええっ⁉　こ、これの事⁉　この、ドラゴンが彫《ほ》られた木刀の事⁉」

　完璧《かんぺき》な出だしの私に対し、ゆんゆんが余計な所でつまずいていた。

（ゆんゆん、ちゃんと話を合わせてください！）

（だ、だって、めぐみんの感性がおかしいから！　これには流石《さすが》に同意できないもの！）

　ヒソヒソとゆんゆんとやり取りしていると、私の隣《となり》に居たそけっとが。

「あら、可愛いわね。彫り込まれたドラゴンが素敵だし、ちょっと街に出《で》掛《か》ける時なんかに腰《こし》に下げておくと似合いそうだわ」

「えっ！」

　そけっとが発した言葉に、ゆんゆんが驚《おどろ》きの声を上げる。

「ですよね、実用性と可愛らしさを兼《か》ね備えた素敵《すてき》なアイテムだと思われます。……ところでそけっと。さり気なく聞きたいのですが、好みの……、な、何するんですかゆんゆん！」

　自然な流れでそけっとの好みを聞き出せそうだったところを、突如《とつじょ》ゆんゆんに腕《うで》を引っ張られ妨害《ぼうがい》される。

（ちっともさり気なくないよ！　それより、私のセンスが変なの⁉　やっぱり、私の方がおかしいの⁉　こんな木刀のどこが可愛いのかがちっとも分からない！）

（ゆんゆんのセンスはいつだっておかしいですよ、猫《ねこ》にクロなんて変わった名前を付けてみたり……、ああっ！）

私達がコソコソと話をしている間に、そけっとは買い物を済ませて店を出てしまっていた。

「何をやっているのですか、いい流れだったのに！」

「だって！　だって!!」

二人で言い争っていると、ぶっころりーがやって来る。

「ちょっと二人とも、何やってるんだよ！　そけっとが行っちゃったじゃないか！」

「いえ、あと一歩のところだったのですよ、それが思わぬ妨害に……。というか、日頃腰《ひごろこし》に短剣《たんけん》をぶら下げている危険人物が、なぜ木刀を嫌《きら》うのですか！　ほら、いつまで言っているんですか、行きますよ！」

「私のオシャレな短剣を、あんな木刀と一緒《いっしょ》にしないで！」

「二人とも、喧嘩《けんか》は後にしてくれ！」

――私達のしばらく前を、上機嫌《じょうきげん》のそけっとが、先程《さきほど》可愛いと評していた木刀を握《にぎ》り歩いていた。

「……木刀を振《ふ》り回しながら歩くそけっと。そんなお茶目《ちゃめ》なところも可愛いなあ……」

「はたから見ると危ない人にしか見えないと思う」

私は、そんな事を小さく囁《ささや》き合う二人の声を聞きながら、木刀を片手で振り回すそけっとを観察していた。

私達は今、ぶっころりーの魔法《まほう》により、姿を隠《かく》した状態でそけっとの後をつけている。

「どうやら、あの木刀が気に入ったみたいですね。木から落ちてくる葉っぱに斬《き》りかかってますよ。何かの修行《しゅぎょう》のつもりでしょうか」

私達が後ろで見守っているとも知らず、そけっとは、枯《か》れ葉を落とそうとして木の幹を木刀で殴《なぐ》ったりゲシゲシと蹴《け》りつけたりしていた。

「あ、あの、そけっとさんのどこがそんなに気に入ったんですか？　ぶっころりーさん的には、木を蹴りつけているあの姿は大丈夫なんですか？」

「顔かな。俺が気に入ったのは、そけっとの顔とスタイルだよ。美人なら、あんな行動だって可愛く見えるもんさ」

何の躊躇《ちゅうちょ》もない、むしろ清々《すがすが》しさすら感じるぶっころりーの発言に、ゆんゆんが無言になる中、私はふと思いついた。

「ぶっころりー。通りすがりを装《よそお》って、さり気なくそけっとを手伝ってあげてはいかがでしょうか。あの木に風系の魔法を唱えて木の葉を落とし、彼女の修行の手助けをするというのは」

「それだ！　流石は紅魔族随一《こうまぞくずいいち》の天才！　めぐみん、頭良いな！」

「あっ！　わ、私だってぶっころりーさんが女性に好かれる方法を考えられますから！　たとえば、その寝癖《ねぐせ》なんかはNGだし、まずは仕事を……」

対抗心《たいこうしん》を燃やしてきたゆんゆんの言葉には聞く耳持たず、ぶっころりーが姿を消したままの状態でソロソロとそけっとに近づいていく。

そして……！

「『トルネード』！」

ぶっころりーが巻き起こした竜巻《たつまき》により、そけっとが空高く舞《ま》い上げられた――

「――バカじゃないんですか？　バカじゃないんですかっ!?」

「埋めましょう。このニートは埋めてしまいましょう！」

そけっとの無事を確認《かくにん》し、慌《あわ》ててその場から離《はな》れた私達は、ぶっころりーの首を絞《し》め付けていた。

「待ってくれ！　二人とも、ちょっと落ち着いてくれよ！　あと、もっと静かな声で！　見つかったらどうするんだ！」

舞い上げられたそけっとは、遠目にも真っ青に見える表情で、風の魔法を自分に使い、何とかバランスを取りつつ地上に降り立っていた。

そして魔法を唱えた犯人を探しているのか、キョロキョロと紅《あか》い瞳《ひとみ》を辺りに向けている。

私達の周囲の空間は、ぶっころりーの魔法により光がねじ曲げられ、大声さえ出さなければそけっとに見つかる事はない。

そんな中、ゆんゆんがぶっころりーの胸《むな》ぐらを両手で摑《つか》み、律儀《りちぎ》に小さな声で食って掛《か》かる。

「そけっとさんの事が好きなんじゃなかったんですか!?　それがどうして、あんな致命的《ちめいてき》な魔法を食《く》らわせたんですかっ!?」

「ち、違《ちが》うんだ！　そもそも俺は、上級魔法しか使えないから手加減が……！　それに、最初は離れた所に魔法を使って、葉っぱだけを吹《ふ》き散らそうとしたんだよ！　でも気づいたんだ、風の魔法をより彼女に近づけたなら、スカートが……」

「埋めましょう」

「うん、埋めよう」

「待ってくれ！　頼《たの》むよ、話を聞いてくれ！」

私達がバカな事をしている間に、そけっとはやがて、悔《くや》しそうにしながらも私達に背を向け、遠ざかっていってしまった。

どうやら、犯人探しは諦《あきら》めてくれた様だ。

「ふう……。何にせよ、彼女が無事でよかったよ。それに……。彼女の好きな色が分かっただけでも良しとしようかな」

私達は声を揃《そろ》えて呼び掛けた。

「「そけっとさーん！」」

「ややや、止《や》め――！」

5

――そろそろ昼ご飯の時間だ。

早く帰って、こめっこと一緒に食事を取って……。

「待ってくれ！　二人とも、俺を見捨てないでくれ！」

溜《た》まっている洗濯物《せんたくもの》を洗った後は、久しぶりに遊んであげて——

「頼むよ、無視しないでくれよ！　酷《ひど》いじゃないか、おかげでそけっとを撒《ま》くのに苦労したよ！　あとちょっとで顔を見られるところだった！」

そして、一緒にお風呂《ふろ》に入って、ついでにあの毛玉も洗ってやろ……、

「お願いだよおおおおお！　頼むよおおおおお！　あああああああ」

「うるさいですよさっきから！　ついてこないでください、私達にまでストーキングするつもりですか？　もう諦めて、新しい相手を探した方がいいですよ」

「めぐみんの言う通り、もう諦めた方がいいですよ。……そういえば、紅魔の里の近くには、安楽少女っていう可愛《かわい》らしいモンスターが出るそうです」

「どうして俺にそんな情報を教えるんだよ！　モンスターで我慢《がまん》しろって事!?　大人しそうな顔して案外キツい事言うね！」

帰ろうとする私達の前へ、ストーカーがそんな事を喚《わめ》きながら回り込む。

——そけっとをようやく撒いてきたぶっころりーに、先程からずっとこうしてまとわりつかれていた。

「……まったく。何度頼まれても無駄《むだ》ですよ。私達も暇《ひま》ではないのです。ニートと違って学生の休みは貴重なのですよ」

「そこを何とか！　お昼ご飯奢《おご》るから！」

私達の前で手を合わせ、祈《いの》るように頭を下げるぶっころりー。

「私達だって子供じゃないんだし、そんな事ぐらいで釣《つ》られませんよ。ねえめぐみん……。あれっ？」

ゆんゆんが、ぶっころりーにホイホイついていく私を見て声を上げる。

「まずは腹ごしらえをしながら作戦会議といきましょうか」

「ちょっとめぐみんそれでいいの!?　……わ、私も手伝うから、置いてかないでよー！」


——里に一軒《けん》しかない喫茶店《きっさてん》にて。

「要は、最初のきっかけ作りだと思うのですよ」

子羊肉のサンドイッチを頬張《ほおば》りながら、私はピッと指を立てた。

私とゆんゆんが昼食を食べるのを、ひもじそうな顔をしたぶっころりーが眺《なが》めていた。

このニートは、私達の食事代でいよいよお金が尽《つ》きたらしい。

「『きっかけ？』」

「そうです。今のところ、そけっととは何一つ接点がないのでしょう？　となれば、まずは知り合いになれるきっかけを私とゆんゆんで作りましょう。本当はお客として通い詰《つ》め、常連になって仲良くなるというのが一番なのですが。それは、無収入の今の時点で言っても仕方ありませんしね。出会いのきっかけぐらいは、私達でなんとかしましょう」

「わ、分かった！」

「ねえ、きっかけ作りってどうやるの？　何か考えでもあるの？」

ゆんゆんの言葉に、私は食後のジュースを飲み干すと。

「そんなものは簡単ですよ。まずゆんゆんが覆面《ふくめん》でも被《かぶ》り、短剣を手にそけっとを襲《おそ》います。そこに通り掛かったぶっころりーが……」

「それだ！」

「嫌《いや》よ！　バカじゃないの!?　バカじゃないのっ!!」

喫茶店でギャイギャイと騒《さわ》ぐ私達に、喫茶店の店主が言った。

「さっきからちょこちょこそけっとの名前が出てるみたいだが、何か用なのか？　そけっとなら、木刀持って森に入っていったぞ」

「いえ、大した用事では……。……森？」

店主の言葉に、私とゆんゆんは思わず顔を見合わせる。

私達の意図するところを察したのか察していないのか。

ぶっころりーが、自慢《じまん》げに……。

森か、森に入ったのかそけっとは。それは**いつもの日課**だよ、彼女は**修行が好き**だからね、一人で森に入っては**モンスターを狩って回ってる**んだよ、好きな獲物はファイアードレイク、ファイアードレイクを氷漬けにしてクスクス笑うんだよ、これってさ、これって**俺と凄く趣味が合うと思うんだよね**、俺はほらニートじゃないか、だからね、毎日時間が余るんだよ、持て余してるんだよ、そこで氷だよ、氷を作ってそれが溶ける様をぼーっと眺めてるだけで一日が終わってたりするんだよ、そけっともきっと同じ趣味を持ってると思うんだ、違うかな？　まあいいや、それはともかくそけっとは、**毎日森に入って修行する**のさ、そけっとの戦い方は**凄く派手**でね、**電撃系の魔法**を好んで使うみたいなんだ、電撃は見た目が綺麗だもんね、綺麗なそけっとに凄く似合ってると思う、ごめんねまた話が逸れたね、**まあこの時間に森に入ったって事は間違いなく修行だよ**、彼女のレベルはそろそろ**50**に届きそうだからね、凄いよね、レベル50だなんて紅魔族の中でもそうそういないよ、もう超一流の冒険者クラスだよね、**綺麗**で**可愛く**てしかも**強い**だなんて反則だよね、**そけっと強かっこいいよそけっと**、戦闘中のそけっとは綺麗なんだけど、戦闘が終わった後のそけっとは凄く**グッ**とくるんだよね、だってさ、**汗**とかであの**綺麗な黒髪が白いほっぺた**とか**うなじ**に張り付くんだよ、これはもう反則だよね、反則だよそけっとは、俺が**ムラムラ**くるのもしょうがないよね、**責任とって欲しいよね**本当に、それはまあいいんだけどね、いや良くないけど、まあ今はいいんだよ、**とにかくこの時間に森に入るっていうのなら目的は修行だよ**、間違いないよ、きっと今頃一撃熊をあははははとか言いながら追いかけ回したりファイアードレイクを足だけ凍らせたりして凄く楽しそうにしてると思うんだ、見たいよね、見てみたいよね、ていうか見に行こうか、うんそうだ見に行こう、そしてそけっとが笑う姿を一緒に愛でようかそうしようかうんそうしようようよ！

「ドン引きですよ。というか、そんな物騒《ぶっそう》な個人情報はどうでもよいです、それよりも……！　先ほど私達が森に入った時、一撃熊《いちげきぐま》が群れを成していましたよね？　最近は、モンスター達の様子がおかしいと聞くじゃないですか。そんな中、そけっとは……」

「ちょ、ちょっと、それって大丈夫《だいじょうぶ》なの⁉　ねえ、変なモンスターの目撃《もくげき》情報だってあるんだし、里の人を呼んだ方が……」

と、私とゆんゆんが口々にそんな事を言う中、ぶっころりーが小さく呟《つぶや》き立ち上がる。

「行かなきゃ……」

まるで、ヒロインのピンチを知った主人公みたいに。

「ぶ、ぶっころりー……さん……？」

真剣《しんけん》な表情で立ち上がったぶっころりーに、ゆんゆんが驚《おどろ》きの表情を浮《う》かべる。

「俺、急いで森に行ってくる！　そして、そけっとを探さないと……！」

その言葉に、ゆんゆんがパアッと顔を輝《かがや》かせた。

「そ、それです！　それですよ！　今のぶっころりーさんは、何だかとても……！」

感極《かんきわ》まったゆんゆんが、拳《こぶし》を握《にぎ》って叫《さけ》ぶ中。

「もしかしたら、そけっとも一撃熊の群れに遭遇《そうぐう》しているかもしれない……！　そこに、俺が颯爽《さっそう》と駆《か》けつけたなら？　そして、まさにピンチだったそけっとを助けたら？　それこそもう、抱《だ》いてとか言われちゃうんじゃないのかな!?　……？　ゆんゆん、今何か言い掛けたかい？」

「いえ、一撃熊に囓《かじ》られちゃえばいいのにって思っただけです」

6

再びやって来た森の中は、先程とは様子が違っていた。

「……なんでしょうこれは、既《すで》に激しい戦闘《せんとう》でも行われた後みたいですが」

森の入り口だというのに、何者かが争った跡《あと》がある。

炎《ほのお》か電撃《でんげき》系の魔法《まほう》でも使ったのか、辺りの木々が焦《こ》げている。

そして、黒く焦げた木々の中央には、頭頂部からほんのりと煙《けむり》を放つ、一撃熊の死体が転がっていた。

「木が焦げた臭《にお》いが消えていない。この魔法を使った人はまだ近くにいるな」

戦闘跡を観察したぶっころりーがそう言って、警戒《けいかい》しながら前に進む。

「というか、足手まといにしかならない私達がついてくる必要はあったのでしょうか。一撃熊が出てきても、私達には悲鳴を上げて逃《に》げ惑《まど》うぐらいしかできませんよ」

「うん。正直、もう帰りたいんだけど……」

「何言ってるんだ。俺一人でそけっとに会ったところで、会話が成り立つ訳ないじゃないか。自慢じゃないが、年頃《としごろ》の女性と対峙《たいじ》したらまともに話せなくなるぞ」

「そんなコミュ障みたいな事言っていてどうするのですか。ゆんゆんも、何か言ってやって……。……ゆんゆん？」

「ッ!?　な、何？」

コミュ障という言葉にビクッとなったゆんゆんが、挙動不審《ふしん》に目を泳がせる。

……ここにも一人、コミュ障がいたんだった。

——と、その時。

「……雷《かみなり》の魔法？」

ここからそう遠くない場所に、空から一条の光が落ちた——

「『ライトニング・ストライク』！」

その力強い声と共に、空が一瞬《いっしゅん》光ったかと思うと次の瞬間《しゅんかん》、木々の枝の間を縫《ぬ》って、轟音《ごうおん》と共に雷が落ちた。

雷の直撃《ちょくげき》を受けた一撃熊は、頭頂部から煙を上げながら崩《くず》れ落ちる。

凄《すさ》まじい落雷《らくらい》の音に、獣《けもの》の本能のせいか、一撃熊の群れが身を震《ふる》わせて固まった。

その群れの中央には紅《あか》い瞳《ひとみ》の一人の女性。

木刀を手にして瞳を爛々《らんらん》と輝かせたそけっとが、嬉々《きき》とした表情で魔法を唱えていた。

「『ライトニング・ストライク』ッ！」

先程《さきほど》の木々の焦げも、この魔法でできたのだろう。

そけっとの声が響《ひび》くと同時、身動きが取れないでいる一撃熊の脳天に、空から一条の光が突《つ》き刺《さ》さる。

それを受け、二匹目《ひきめ》の一撃熊が倒《たお》れた時、ぶっころりーが駆け出した。

その表情は、いつものだらしないニートの顔ではない。

好きな人を守ろうとする、一人の紅魔族《こうまぞく》のものだった。

目を紅く輝かせたぶっころりーは、気合いを入れて唱えた魔法に膨大《ぼうだい》な魔力《まりょく》を注ぎ込んでいく。

そして、新手の敵である私達に気づき、行動を始めた一撃熊の群れの直中《ただなか》に。

「地獄《じごく》の業火《ごうか》よ！　荒《あ》れ狂《くる》えっ！　『インフェルノ』ーッ！」

最高位の炎の魔法を、全力で解き放った——！

……そけっとをも巻き込んで。

「そそ、そけっとさーん！」

「何をやっているんですかこのニートは！　早く！　早く救助しないと……っ!?」

一撃熊の群れはおろか、木々をも焼き焦がして炎が燃え盛る中、体の周りを薄《うす》い水の膜《まく》で覆《おお》われたそけっとが、こちらへと歩いてくる。

あの一瞬にも拘《かか》わらず、水の防御《ぼうぎょ》魔法で身を庇《かば》った様だ。

「ぶ、無事で良かった……！」

「全くですよ！　心臓が止まるかと……！　ぶっころりー、この炎を何とかしてください！　森が全焼《ぜんしょう》してしまいます！」

私の言葉にぶっころりーが、慌《あわ》てて水の魔法で炎を消していく。

普段《ふだん》は締《し》まらないニートとはいえ、流石《さすが》は腐《くさ》っても上級魔法を習得した紅魔族。

ぶっころりーが本気で放った炎の魔法は、一撃熊の群れを全滅《ぜんめつ》させていた。

未《いま》だ残り火があちこちに残る中、水の皮膜《ひまく》を解除して、潤《うる》んだ瞳をぶっころりーへと向けるそけっと。

戦闘によるものなのか、それとも違《ちが》う意味でのものなのか。

そけっとは、頬《ほお》を紅く上気させ、何を言うべきかに困っていた。

緊張《きんちょう》した面持《おもも》ちのぶっころりーが、同じく頬を上気させ、そけっとの前へと向き直る。

だが、このちょっとだけ格好良かったニートは、肝心《かんじん》の時になってヘタレたようだ。

緊張して、何と声を掛《か》けるべきかテンパってしまっている。

「……ぶっころりーがそけっとに、伝えたい事があるそうですよ」

「「「ッ!?」」」

私の助け船に、その場の三人が息を呑《の》んだ。

ゆんゆんは、赤い顔で事の成り行きを見守る様に。

ぶっころりーは、何を言ってくれるんだという様な、慌てた様子で。

そして――

「それは奇遇《きぐう》ねぶっころりー。私も、あなたに伝えたい事があったの」

そんな、そけっとによるまさかの言葉に、私とゆんゆんはおろか、ぶっころりーまでもが驚愕《きょうがく》した。

「そそ、それは……！　その、もしかして……！」

「そう。きっと、今のあなたと同じ気持ちよ」

そう言って、柔《やわ》らかい笑《え》みを浮かべるそけっと。

美人のそけっとに微笑《ほほえ》まれ、ぶっころりーがトマトの様に赤くなる。

危ないところを助けられたからだろうか。

怖《こわ》い思いをすると、一緒《いっしょ》にいる人を好きになる、吊《つ》り橋《ばし》効果というものがあると聞くが、それだろうか？

ニートのクセに里一番の美人を射止めるだなんてと、ちょっと納得《なっとく》がいかない私だったが、頬を赤くして目を輝かせているゆんゆんを見ていると、これはこれで良かったかなという気になってくる。

意を決して拳を握り、ぶっころりーがそけっとに——！

「お、俺、ずっと前からそけっとが……！」

「そんなに私の事が嫌《きら》いだったなんて、もっと早く言ってくれればよかったのに。この森の中なら丁度いいわね。あなたも私と同じく、森に入って修行ばかりしていると聞いているわ。相手にとって不足はないわね。……さあ、決闘《けっとう》しましょうか！」

…………。

「「「えっ」」」

そけっと以外の三人で、思わず小さな声が出た。

「私の何が気に入らないのか知らないけど！　前々から後をつけられていたのには気づいていたけど、今日は一味違ったわね！　まさか、里の中でいきなりトルネードで殺されかけたかと思えば、今度はモンスターに囲まれて無防備なところに、インフェルノで不意討《ふいう》ちだなんて……！　ふふっ、やってくれるわね。色んなモンスターを相手にしてきたけれど、こんな窮地《きゅうち》に陥《おちい》ったのはあなたが初めてだわ！」

そけっとが握る木刀が、ギリッと軋《きし》んだ音を立てる。

「ちちちち、違《ちげ》ー！　違うんだ、大きく誤解している！　今の魔法だって、俺はモンスターに囲まれたそけっとを助けようとしただけで……！　巻き込んじゃったのは悪かった、さっきは無我夢中で！」

青い顔で手を振《ふ》るぶっころりーの言葉に、そけっとは握りしめていた木刀から力を抜《ぬ》いて眉《まゆ》をひそめ。

「……。じゃあ、さっきのトルネードの魔法は何だったのよ？　顔を隠《かく》してたみたいだけど、ネタは割れてるのよ。私の後をつけて回る人なんてあなたぐらいしかいないんだから」

「あれは、その……！」

ぶっころりーが、助けを求める様にこちらを向く。

私達は、そんなぶっころりーに指を差す。

「「スカートをめくるためにやったって言ってました」」

木刀を振り上げたそけっとが、ぶっころりーに襲《おそ》い掛《か》かった。

7

淡《あわ》い紫色《むらさきいろ》の布が所々に掛けられた店の中で、そけっとが呆《あき》れて言った。

「本当に、あなた達もいい迷惑《めいわく》ね。そこの変態に無理《むり》やり付き合わされたんでしょう？」

森から帰った私達は、そけっとの店で手当てをしていた。

「おい、変態は止《や》めてくれよ。アレはやらしい気持ちでやった訳じゃないんだよ。紅魔族の女性達がどんな色を好むのかという、魔法使《まほうつか》いとしての、純粋《じゅんすい》な知的探究心から……。すいません、やましい気持ちがありました。その木刀は早く捨ててください」

壁《かべ》に立てかけてあった木刀に手を伸《の》ばしたそけっとに、怯《おび》えた様子のぶっころりーが、包帯を巻かれながら慌てて言った。

そけっとの木刀で散々しばき回されたこの変態は、現在ゆんゆんの手当てを受けている。

そんな姿を見ながら、そけっとが深々とため息を吐《つ》いた。

「……まったく。森に入ってお金を稼《かせ》ごうとするほど占《うらな》いをして欲しかったのなら、相談してくれれば最初の一回ぐらいサービスするのに」

「いいの!?」

――結局このチキンニートは、森に入った本当の理由も言い出せず。

占って欲しい事があるから、その占い代を稼ぐために森に入ったと言い訳していた。

途中《とちゅう》、モンスターに囲まれていたそけっとを助けようと魔法を唱えた、と。

「トルネードの魔法は論外だし、森では危《あや》うく焼き殺されそうになったけれど、一応魔物《まもの》の群れから助けようとしてくれた結果だそうだし。まあ、一回だけね？　……で、一体何を占って欲しいのよ？」

そけっとは部屋の奥から水晶球《すいしょうだま》を持ってくると、それをぶっころりーの前に掲《かか》げる。

「そ、それはその……。俺の未来の彼女……、いや、嫁《よめ》……。いやいや、俺を好きになってくれる人？　……ああっ、どれにしよう！」

いきなり本来の目的を見失いだしたぶっころりー。

それを見て、呆れた表情のそけっとが、面倒臭《めんどうくさ》そうに水晶球に手をかざす。

「要するに未来の恋人《こいびと》ね。この水晶球の中には、あなたと将来結ばれる可能性の高い女が見えてくるわ。未来は変えられるもの。だから、ここに映る人が絶対だとは言えないけれど……、っと、そろそろ見えてくるわよ……！」

そけっとの水晶球が淡い光を放ち。

やがて、光が収まったそこには……！

「……何も見えないんだけど」

「あ、あれっ⁉」

トルネードの魔法《まほう》で空に舞《ま》い上げられた時ですら冷静に行動していたそけっとが、驚《おどろ》きの表情で水晶球をブンブンと振っている。

「ちょ、ちょっと待ってね。どうしたのかしら、こんなはずは……。どんな人でも、最低一人ぐらいは姿が浮《う》かんでくるものなんだけれど……！」

「そういった心にくる事は、本人がいない所で呟《つぶや》いてくれ」

そこに何も映らないという事は、もちろんそけっとと結ばれる芽もないという訳で。

それを知って泣きそうな顔になっているぶっころりーに、そけっとが気の毒そうに憐憫《れんびん》の目を向けた。

「……その、大丈夫《だいじょうぶ》よ。私の占いは必ず当たるって訳じゃないから……。私が子供の頃《ころ》に天気を占った時、曇《くも》りって結果が出たのに五分ほどにわか雨が……」

「止めてくれ！　占いの精度を自慢《じまん》しているのか慰《なぐさ》めているのか分からないよ！　何だこれ、普通《ふつう》に断られるよりも余計辛《つら》いんだけど！」

そんな二人から距離《きょり》を取り、私とゆんゆんはヒソヒソと囁《ささや》きあう。

「いくらニートとはいえこれは流石に気の毒ですよ。一切《いっさい》何も映らないという事は、さっきゅんゆんが、冗談《じょうだん》で言っていた女型のモンスター、安楽少女にすら相手にされないという事で……」

「どうしよう、私、ここまで酷《ひど》いだなんて思ってなくて……」

「二人とも聞こえてるよ！　話すなら、もっと小さな声で話してくれ！」


——ぶっころりーが、半泣きで店を出ていった後。

「そういえば。占いのおかげでうやむやになっちゃったけど、二発の魔法の理由はともかく、日頃《ひごろ》、私をつけ回している理由を聞くのを忘れていたわね」

「それは……。ぶっころりーのためにも、これ以上は聞かず、そっとしておいてあげてください」

私の言葉に、そけっとが首を傾《かし》げる。

半泣きで、痛む体を引きずって帰って行ったぶっころりーの背を見送りながら。

「ダメ人間だけど結構面白《おもしろ》そうな人なのに。不思議ねえ……」

そう呟きながら、そけっとは手の平の上で水晶球を転がしていた。

8

そけっとの店からの帰り道。

「結局、上手《うま》くいかなかったね。まあ、ぶっころりーさんの場合は、まずは仕事を探すべきだと思うけど……」

「というか、元々が不釣《ふつ》り合いもいいとこでしたし。近所なのでぶっころりーの事は幼い頃から知っていますが、あの男は根っからのダメ人間ですからね」

隣《となり》を歩いていたゆんゆんが、私の言葉に振り返る。

「そういえば、めぐみんのお兄さんみたいなもんだよね。……そ、その、幼なじみってヤツじゃないの？　ねえめぐみん、ぶっころりーさんにちょっと情が湧《わ》いちゃったりとかは……」

「ないですね」

何かを期待するかのようなゆんゆんに即答《そくとう》する。

「そ、そう……。ていうか、前から思ってたんだけど、めぐみんには食い気しかないの？　素敵《すてき》な恋人が欲しいとか、そういった感情はないの？」

「私にはやるべき事があるのです、色ボケてなんかいられませんよ」

キッパリ告げるも、ゆんゆんはなおも食い下がる。

「で、でもほら、めぐみんはいずれ冒険者《ぼうけんしゃ》になるんでしょう？　冒険者っていえば、パーティーメンバーと一緒に寝食《しんしょく》を共にして、助けたり助けられたり……！」

「確かに冒険者は、同じパーティー内のメンバー同士で結婚《けっこん》する事が多いと聞きますが……。まあ、私の場合はそういった事にはならないでしょうね」

「言い切ったわね。まあ、めぐみんが赤くなったりだとか誰《だれ》かにくっついたりだとか、そんな姿はちょっと想像できないけど……」

そんな話をしている間に、家の前についてしまった。

「いずれにしても、私が誰かを好きになるとしたら……。きっと、どんな相手にも負けない格好良い勇者とかだと思いますね」

「案外、めぐみんは普通の人と結婚しそうなんだけどなあ……」

ゆんゆんに別れを告げ、家に入ると——

「帰りましたよー」

「姉ちゃんお帰り！」

クロを抱《だ》きしめたこめっこが、ドタドタと駆《か》けてきた。

きっと私が留守にしている間、散々おもちゃにされたのだろう、ぐったりとしたクロが頭を下にした状態で抱きかかえられていた。

「姉ちゃん、ごはん食べよう！　美味《おい》しいのがたくさんあるよ！」

……美味しいのがたくさんある？

「美味しいのって、一体どうしたんです？　また食べ物をもらってきたのですか？」

「ぶっころりーが持ってきた。大きくなって美人になったら、ぜひ家に……」

こめっこが最後まで言い終わる前に、私は家を飛び出し靴屋《くつや》へと殴《なぐ》り込みに出掛《でか》けた。

幕間劇場【参幕】

紅魔族随一の魔性の妹

二つ目のパズルが解けた。

「……俺、紅魔族って連中が嫌いだ」

「わたしも紅魔族だよ」

「…………お前以外の紅魔族が大嫌いだ」

わたしとホーストは、解けたと思ったら、更に新しく出てきた三つ目のパズルの前に屈み込んでいた。

「あー、ダメだ。こりゃあ俺の手には負えねえ。ていうか、さすがにこれはお前にも無理だろ。子供に解けるレベルじゃねえぞ」

「無理と言われたらやるのが紅魔族だって、姉ちゃんが言ってた」

地面に寝そべると、足をバタバタさせながらパズルを解く。

「おい、行儀が悪いぞ。足下も泥だらけじゃねえか。あーあー……」

ホーストがわたしのローブの裾を払ったりしているが、パズルに集中しているとそんな事も気にならない。

「……おい、何だよ何だよ、結構いけてるじゃねえか！　こりゃあ何とかなるんじゃねえのか⁉　って、どうした？　そっから先は難しいのか？」

途中まで順調に解いていたパズルを、地面に置いて目を閉じると。

「飽きた」

「頼むよこめっこさんよお！　ここまできてそりゃねえだろ！　食べ物か⁉　腹が減ったろ！　俺様が、また何か旨い物持ってきてやるからよ！」

それを聞いて、ムクリと身を起こして再びパズルに取りかかる。

「よ、よし！　そのまま頑張れよ！　すぐに獲物を狩ってきてやるからな！」

そう言って、ホーストは翼をはためかせて飛び立とうとした。

「あっ！　わたしも行きたい！　乗せて乗せて！」

「バッ、バカ野郎！　お前みたいなガキを森になんて連れて行けるか！　お前みたいなチビは、モンスターどもに真っ先に食われちまうぞ！」

「行きたい！　行きたい！　ホーストは強そうだから大丈夫だよ！」

「まあ、そりゃあ俺様は強いけどよお！　なんせ、俺様が森に入るだけで、モンスター共は逃げ惑うくらいだからな！」

「ホースト様かっこいい！」

――連れて行ってもらえる事になった。

「――はあ……はあ……！　お、お前、はしゃぎ過ぎだろ、もうちょっとで墜落するところだったぞ！」

「でっけえトカゲがいる！　ホースト、あれ！　あのトカゲを捕まえよう！」

「聞けよお！」

わたしはホーストに抱っこされたまま、森まで連れてきてもらった。

「……って、見ろこめっこ。お前がでけえ声出すから逃げちまったじゃねえか。俺ぐらいの悪魔になると、気配を察知して逃げちまうんだよな。お前の飯を捕まえるのにちょくちょくこの森に入ってるから、しばらくは、森の入り口辺りには逃げたモンスターどもがわんさかいるかもなあ」

「……わたしも、大きくなって強くなったら、モンスターが逃げてくれたりする？」

「さーて、どうだろうねえ！　お前さんみたいなチビスケがどれだけ強くなったとしても、逃げ出すモンスターなんざいねえかもなあ！　ヒャッヒャッ！」

ホーストがわたしを下ろしながら笑っていると、目の前の茂みがガサリと揺れた。

「おお？　俺の気配を感知しても逃げずに向かってくるか？　なかなか気合いの入ったヤツがいるみたいだな」

「じゃあ、そこにいるモンスターがわたしから逃げたら、わたし、ホーストよりも強いって事になるの？」

「フハッ！　や、やべえ、吹き出しちまった！　クックッ、ま、まあそういう事になるな。でもな、あの茂みにいるのは怖ーいモンスターなんだぜえ……？　姿を見て、ビビって漏らすんじゃあねえぞお？」

「漏らさないよ！　わたしが追い払ってくる！」

それを聞いたホーストが、楽しげにゲラゲラ笑った。

「おうおう、やってみろやってみろ！　できるもんならやってみろ！　もし追い払えたら、ずーっとこめっこさんって呼んでやるよ」

と、ガサガサと揺れていた茂みから、大きな熊が飛び出してきた。

「……一撃熊か。しかも群れじゃねえか。流石にこの数は厄介だな。しょうがねえ、見逃してやるか……」

ホーストが、そう言いながら背中を向ける。

そんな中、わたしは熊に向かって駆け出した。

「きしゃーっ!!」

「こめっこさん!?」

――ホーストが、悲鳴を上げながら熊の群れに突撃した。

第四章

紅魔の里に眠る存在《もの》

1

傷心のぶっころりーが、家に引き籠《こ》もってから三日が経《た》った。

それ以外には特に何事もないと思っていたのだが……。


――最近、ゆんゆんの様子がおかしい。


「めぐみんおはよう。はい、これ」

教室に入った私は、ゆんゆんから弁当を手渡《てわた》された。

突然《とつぜん》の事にどう反応していいのかが分からない。

弁当を手に持ったまま、ようやく一言。

「なんですか？　ひょっとして私の事が好きなんですか？　いきなり一足飛びに、こういった愛妻みたいな事をされてしまうとちょっと……」

「愛妻ってなに!?　ねえなに言ってんの!?　今日は勝負するつもりもないから、素直《すなお》にお弁当渡すだけよ！　お弁当あげるから絡《から》んでこないでねって事！」

……なあんだ。

「というかその言い方だと、弁当をもらえない場合私がゆんゆんに弁当をたかる無法者みたいに聞こえるのですが」

「毎日勝負を挑《いど》む私も大概《たいがい》だけれど、めぐみんも無法者じゃない」

アッサリと言ってくれたゆんゆんをどうしてやろうかと考えていると、担任が教室に来てしまった。

ざわめいていた教室内が静まり、担任が教壇《きょうだん》に立つ。

「おはよう。この間の授業で現れた、邪神《じゃしん》の下僕と思われるモンスターが里の中でも目撃《もくげき》されたらしい。流石にうかうかしていられない状況《じょうきょう》になってきた」

担任の言葉に、再び教室内がざわめいた。

紅魔族の姿を見るだけで、先日の一撃熊クラスでもなければ、大概のモンスターは逃げてしまうはずなのだが。

それが里の中にまでモンスターが入ってきたというのは尋常《じんじょう》ではない。

「という訳で、まだ準備は足りていないが人数を集めて強引《ごういん》に再封印《さいふういん》を行う事になった。儀式《ぎしき》は明日《あした》の夕方から明後日《あさって》の朝にかけて行われる。万が一失敗でもした際には、里に邪神の下僕が溢《あふ》れる事になる。そのための対策も講じてはあるが、儀式が始まったら家からは出ないように」

普段《ふだん》はいい加減な担任が、珍《めずら》しく真面目《まじめ》な表情で言ってきた。

今までは大して気にも留めてはいなかったが、案外大事《おおごと》になっているのかもしれない。

「よし。それでは、先日のテストの結果を発表する。例によって、成績上位者三名にはスキルアップポーションだ！　名前を呼ばれた者は前へ！　……三位、ねりまき！」

担任の声を聞きながら、私は自分の冒険者《ぼうけんしゃ》カードを見た。

フフフ、後4ポイント。

後4ポイントで、念願の爆裂魔法《ばくれつまほう》が覚えられる。

「二位、あるえ！」

私は担任の声を聞きながら、カードを見てニヤニヤしていた。

…………二位、あるえ？

「一位、めぐみん！　よくやった。さあ、ポーションを取りにこい」

名前を呼ばれて立ち上がりながら、私はふと隣《となり》を見た。

拳《こぶし》を握《にぎ》って、なんだかオドオドした様子のゆんゆんを。

「一時間目は格好良い装備品の作り方だ。あるえが身に着けている眼帯のような、個性を引き出すワンポイントアイテムを作る。穴あきグローブやバンダナもオススメだな。全員家庭科室へと集まるように。以上！」

担任が教室を出て行く中、私は受け取ったスキルアップポーションをこれみよがしに見せびらかし、ゆんゆんの隣に椅子《いす》を近づけた。

ゆんゆんが気まずそうにふいっと視線を逸《そ》らす中、私はなにも言わず、無言のままでポーションをチャプチャプさせる。

「……って、なにか言ってよ！　無言でそうやっていられると気まずいんだけど！」

耐《た》えきれなくなったゆんゆんが机を叩《たた》いて立ち上がった。

だがなにか後ろめたい事でもあるのか、いつもほど怒《おこ》り方にキレがない。

「……では言いましょうか。ゆんゆんの取り柄《え》といったら、料理が上手《うま》い事と真面目な優等生な事、あとは存在感がない事ぐらいじゃないですか。それが、今回は一体どうしたんですか？」

「ねえ、最後におかしな取り柄があったんだけど！　私って存在感ない⁉　あと、いくらなんでも、もう少し取り柄はあるから！」

赤い顔で食ってかかるゆんゆんの前に、スキルアップポーションを突《つ》きつけた。

「先ほどは勝負はしないと言っていましたが、どうします？　確かゆんゆんは、上級魔法を習得するのに必要な残りスキルポイントは3ポイントでしたね。私は残り4ポイント。

……いいのですか？　せっかくこの私よりもリードしているのに。せっかく先に卒業できそうなのに追いつかれてしまっても。ほらほら、どうします？」

挑発《ちょうはつ》する私の言葉にゆんゆんは、複雑そうな表情でこちらを見ると……。

「さっきも言ったけど、今日はその、勝負はいいから……。そのポーション、飲んじゃうといいよ」

「……そうですか。仕方ないですね。では、お弁当も食べちゃいますよ？」

ポーションを飲み干して弁当を食べ始めた私を見て、なぜかゆんゆんがホッとした表情を浮《う》かべた。

——やはり、最近のゆんゆんはどこかおかしい。

2

「ねー知ってる？　この里に勇者候補が来てるって噂《うわさ》！」

午前中の授業が終わり、昼休みに入ると、私とゆんゆんの席に弁当を持ってきたふにふらが、嬉々《きき》としてそんな事を言ってきた。

里の周辺は強いモンスターが多い危険地帯な上に、のどかな田舎村《いなか》といった感じの紅魔《こうま》の里。

こんな地に、勇者候補が何をしに来たのだろう。

勇者候補とは、神々に特殊《とくしゅ》な力を与《あた》えられた、変わった名前をした人達の俗称《ぞくしょう》。

変わっているのは名前だけでなく、性格や行動、日常の習慣なども他《ほか》とは違《ちが》うと聞く。

「知ってる知ってる！　ていうか私、昨日その人と会ったんだから！　爽《さわ》やかなイケメンでさ、なんでも、魔王《まおう》を倒《たお》すための仲間を探しにここに来たんだって！　腕利《うでき》きの魔法使《まほうつか》いを募集中《ぼしゅうちゅう》らしくってさー。あーあ、なんで今来るかな？　魔法を覚えた頃《ころ》にまた来てくれたならついて行くのにー」

言いながら、どどんこが残念そうにため息を吐《つ》いた。

……ふうむ、爽やかなイケメン勇者候補か。

今は魔法を使えないのでパーティー加入は無理だけども、私のような大魔法使い候補ならば、その勇者候補とはいつか出会うかもしれない。

選ばれた強者というのは惹《ひ》かれ合う存在だからだ。

確か、類は友を呼ぶとも言う。

ゆんゆんが、少し興味を引かれたのかどどんこに尋《たず》ねた。

「勇者候補かあ……。どんな感じの人なの？　強そうだった？」

「二人の女の子を連れて、凄《すご》い魔力《まりよく》を感じる剣《けん》を携《たずさ》えた、優《やさ》しそうな人だったよ。職業はソードマスターって言ってたかな？　確か、ミツ……ラギ……？」

強力な魔法の剣を持ったソードマスターか。

ここ紅魔の里の周辺は、強いモンスターが多数生息している。

そんな危険地帯を抜《ぬ》けて里まで来たのだから、その強さは本物だろう。

「なるほど。その人はどのぐらいここに滞在《たいざい》するのでしょうかね？　しばらくいるというのであれば、魔法を習得したならぜひ一緒《いっしょ》に連れて行って欲しいものですが」

私の言葉にどどんこが首を振《ふ》った。

「近日中には里を出るって言ってた。しばらく残ってくれるって言うなら、私だってキープしたんだけど」

それは残念。

勇者候補というからにはさぞかし人間ができた立派な人だろうし、どんなピンチもアッサリと乗り越《こ》える、英雄譚《えいゆうたん》に出てくるような人なのだろう。

私もいつかは魔法使いとして冒険者パーティーに入るつもりでいるが、所属するならばそんな勇者候補の下《もと》へ行こう。

どんな困難にも真っ向から立ち向かう様な、真っ直《す》ぐで正義感に溢れた、誰《だれ》もが憧《あこが》れる勇者候補が率いるパーティーに。

そして、私の魔法で魔王の幹部だろうがなんだろうがぶっ飛ばし、世界にその名を轟《とどろ》かせるのだ。

魔王を滅《ほろ》ぼし、私こそが新たな魔王、めぐみんとして——！

「めぐみん、ねえ聞いてる？　どうしたのニヤニヤして……。だ、大丈夫《だいじょうぶ》？」

「大切な考え事をしていて聞いてませんでした。なんでしょうか？」

妄想《もうそう》に浸《ひた》っていたところをゆんゆんに現実に戻《もど》された。

ふにふらとどどんこの二人は、既《すで》に別の話題で盛り上がっている。

ゆんゆんがそんな二人を気にしながら、申し訳なさそうに言ってきた。

「ねえめぐみん。ちょっといいかな？　帰りに相談があるんだけど……」

3

ゆんゆんが上位に入れなかった事以外、特に変わった出来事もなく学校が終わり、ゆんゆんゆんと帰る途中《とちゅう》。

　相談があると言ったままずっと黙《だま》っていたゆんゆんが、ようやく口を開いた。

「……ねえめぐみん。友達、ってさ。一体、どんな関係の事を言うのかな……？」

　予想していたよりもずっと重かった相談に、私は思わず目頭《めがしら》を押さえて足を止めた。

「ちょ、ちょっとめぐみん、どうしたの⁉　ね、ねえ、私、なにかめぐみんが泣くような事言った⁉　ねえったら！」

「いえ、ゆんゆんがぼっちをこじらせていたのは知っていましたが、まさか友達がどんなものかすら知らないレベルだとは思っていなかったもので……」

「知ってるよ！　一応は知ってるから！　一緒に買い物に行ったりだとか、遊びに行ったりだとか！　そういう事じゃあなくって！」

　ゆんゆんはひとしきり怒った後、ちょっと沈《しず》んだ様子で。

「あのさ、めぐみんは私によくたかってはくるけど、お金をたかる事ってないじゃない？　奢《おご》って欲しそうに目で訴《うった》えたりだとか、食事の時間になると、ご飯を分けて欲しそうに目の前をウロウロしたりだとかはするけど」

「当たり前です。そこら辺の、越えてはいけない一線はわきまえてますよ。お金をたかりだしたら、代価として私の体を要求されても嫌《いや》とは言えなくなりますし」

「要求しないわよそんな物、私をなんだと思ってるの⁉　っていうか、私も友達って、お金のやり取りはするもんじゃないって思ってたんだ。でも……。あのさ、こないだ相談されたんだけど……。ふにふらさんの弟が、重い病を患《わずら》ってるらしくってさ……」

ふにふらの家庭の事はあまり知らないけれど、確か、ふにふらが溺愛《できあい》している年の離《はな》れた弟がいるのは知っている。

「それでね、薬を買うお金が必要らしいんだけど、こういう時って、お金を渡《わた》しても失礼にならないのかな、って……。友達が困ってる時は、助けてあげるのが当然だって思うんだけど、お金を渡して嫌《きら》われたりしないかなって思って……」

「ふにふらから直《じか》に、お金を貸して欲しいと言われたのですか？」

私の問いに、ゆんゆんは慌《あわ》てて手を振り、

「あ、ち、違うよ？　薬のお金に困ってるって言ってただけで。でもどどんこさんが、じゃあカンパしてあげるって言い出して。で、私もカンパした方がいいのかな、って……」

まったくこの子は、相変わらずなんというチョロさだろう。

ここ最近の流れでピンと来てしまった。

普段《ふだん》からあまり良い噂を聞かないあの二人が、突然《とつぜん》ゆんゆんに親しくしてきたのは不思議に思っていたのだ。

そして、どどんこがゆんゆんの目の前でわざとらしくカンパする。

なんというか、友達なら出すよねといった雰囲気《ふんいき》が出来てしまう。

私に相談してくる以上、ゆんゆんも心の奥では気づいているのだろう。

でも友達がいないこの子は、嫌われるのが嫌で、流されそうになっているのではないか。

「私ならば、お金ではなく別の方法で助けますね。というか、お金がないという根本的な問題がありますから」

「……別の方法？」

「そうです。……たとえば、顔を隠《かく》して友達と一緒に薬屋を襲撃《しゅうげき》するとか」

「ねえ、それってお金貸してあげた方がいいんじゃないの!?」

私はゆんゆんに小さく指を振ると。

「友達だと言うのなら、ただ与えるのではなくて、一緒に苦しんであげる事も友情ですよ？　なにかを一方的にあげる事なら誰でもできます。でも、困難な事に付き合ってあげるのは、とても大変な事ですよ？」

「つまりめぐみんがお腹《なか》を空《す》かせてたら、お弁当をあげるんじゃなくて一緒に我慢《がまん》してた方がいいって事？」

「………いいえ、それはそれ、これはこれです。……でもまあ、ゆんゆんの納得《なっとく》がいくようにすればいいと思いますよ？　友達なんてものはお金で買うものではありませんが、友達が本当にどうしようもなく困っているのなら、友達のために大切なお金を投げ出すのも有りだとは思います。私は年中本当に困っていますが」

「今、さり気なく自分をアピールしたわね。……でも、分かったわ。ありがとう、好きな様にやってみるね」

ゆんゆんはそう言ってはにかんだ。

……お人好《ひとよ》しのこの子の事、どうする気なのかぐらいすぐ分かる。

胡散臭《うさんくさ》いと気づいていても、きっと放《ほう》ってはおけないだろう。

お金を渡すとしたら、明日《あした》の朝か放課後だろうか。

本来なら私には関係のない話だけど、明日は――

と、話が一段落し、それ以上話す事もなく歩いているとぶっころりーに出くわした。

「あっ、ぶっころりーさん、ど、どうも！」

「おやぶっころりー、こんな所でなにをしているのですか？　そけっとにフラれて引き籠《こ》もっていじけていると聞いたのですが」

「めぐみん！　シーッ！」

「いや、シーッて気を遣《つか》われる方が傷つくよ！　それに、告白なんてしていないからまだフラれていない、ノーカンだ！」

見苦しい事を言うぶっころりーが、ふと真面目《まじめ》な顔で。

「というか、気が付いたんだ。世界が俺の力の覚醒《かくせい》を待っているのに、色恋《いろこい》にかまけている場合じゃない、って……。ただでさえ最近、邪神《じゃしん》の下僕だとかいうモンスターがあちこちで目撃《もくげき》されているからね。また俺の力が必要とされるかもしれないから、自主的に里を巡回《じゅんかい》しているんだよ」

要訳すると、失恋《しつれん》から立ち直ったニートが暇《ひま》を持て余して散歩をしていたようだ。

「聞きましたよ。なんでも、里で昼間からフラフラしているニート仲間を集めて、自警団みたいなものを作ったとか」

「自警団はやめてくれよ。ちゃんと名前があるんだ。『対魔王軍遊撃部隊《レッドアイ・デッドスレイヤー》』っていう立派な名前がね」

この里には魔王軍も怖《こわ》がって近づかないのに、一体なにを遊撃するつもりなのだろうか。

ただの自警団に、名前だけは大仰《おおぎょう》なのを付けるところが紅魔族らしい。

「というか、里の大人達は例のモンスターに随分《ずいぶん》と手こずっていますね。先生が、明日強引《ごういん》に再封印《さいふういん》をするとか言ってましたが。わざわざそんな面倒《めんどう》な事をせず、もういっそ、邪神とやらの封印を解いて里の人間総出で討伐《とうばつ》してしまえばいいのでは？」

ここ、紅魔《こうま》の里は超一流《ちょういちりゅう》のアークウィザード達がたむろする集落だ。

近隣《きんりん》の国々ですらもこの里には干渉《かんしょう》してこない。

この里の人達が集まれば、邪神だって倒《たお》せない事はないと思うのだが……。

「いや、一応そんな声も上がったんだけどね。でも、里の外れに邪神が封印されているのは、俺達のご先祖様がよその土地に封《ふう》じられていた邪神を、わざわざここまで連れてきて封印したのが発端《ほったん》らしいからね」

「ええ!? 私、初耳なんだけど！　なんで!? なんでご先祖様達は、なんの意味もない上にそんなはた迷惑《めいわく》な事をしたの!?」

叫《さけ》ぶゆんゆんに、ぶっころりーがキョトンとした表情を浮《う》かべた。

「だって、邪神が封印されている土地だなんて、なんだか格好良いだろ？　……まあ、という訳で今回も封印しとこうって事になったんだよ。邪神なんて、天然記念物もいいところな希少な存在だしね。この地には他《ほか》にも、持ち出すと世界を滅ぼしかねない禁断の兵器だとか、信者が一人もいなくなったために、その名も忘れ去られた傀儡《かいらい》と復讐《ふくしゅう》の女神《めがみ》だとか、物騒《ぶっそう》な代物《しろもの》がたくさん封じられているからね」

「実に迷惑な話ですが、禁断の兵器とやらには私も少し興味がありますね。里の人達の気持ちは分からなくもないです」

「分かるの!?　ていうか、私の方がおかしいの!?　私の感性の方がズレてるの!?」

「『ズレてる』」

「ッ!?」

4

——翌日。

クロを詰《つ》めた鞄《かばん》をブラブラさせながら、いつもより早めに学校へ向かっていると、予想通り、通学途中で見覚えのある三人を見つけた。

「ありがとうゆんゆん！　助かったー！　お礼は必ずするからね！」

「い、いいよお礼だなんて！　と、友達だから！　そ、その……、それより、このまま一《いっ》緒《しょ》に学校に……」

それは、ふにふら、どどんこ、ゆんゆんの三人だった。

ゆんゆんからなにかを受け取ったふにふらは、愛想《あいそ》笑いを浮かべながら。

「あー……。ご、ごめんね？　今から、すぐにこれ持って行ってあげないとさ」

「そうそう、急がないとふにふらの弟が……。ゆんゆんは先に行ってて？」

「あ、そ、そっか……。ごめんね気が利《き》かなくて……。それじゃ、また学校で」

そう言って、二人に笑顔《えがお》を見せたゆんゆんは、一人トボトボと学校へ向かった。

しょんぼりと肩《かた》を落としながら歩く後ろ姿が哀愁《あいしゅう》を漂《ただよ》わせる。

それをしばらく見送ると、ふにふらとどどんこがポツリと言った。

「ちょ、ちょっとだけ良心が……」

「い、痛むよね……」


「フフフ……。それならば、そんな事しなければいいものを」


「「!?」」

背後からの私の声に、二人はビクッと震《ふる》え慌てて振《ふ》り向く。

「めぐみん!?　いつからそこに!?」

「わ、私達とゆんゆんの話は、どこから聞いていたのさ!?」

私は隠れていた茂《しげ》みの中からゴソゴソと這《は》い出しながら。

「どこから聞いていた、ですか？　それは……」

へぇ…こんな物読んでるんだ？
あははっ
っていうかこんなタイトル初めて見た——
いつも一人ぼっちだしカワイソーって感じだよねぇ
うぅ…
こんなもの読まなくったってさ——
私達が友達としてあそんであげるのにね——
ぴくっ
本当っ!?
わっ
うっ…うん

ぬ
ええと…
これが
友達同士の
あそび…？
ギューっ
そ、そうよ
この間の身体測定の時
聞いたけどまた
育ったんでしょ…？
ちょっと
見せてみなよー！
あ…
あの
初めて
なので
わぁ
優しく…
お願いします
……。
は
はい

「と、ゆんゆんに、恥《は》ずかしい秘密を暴露《ばくろ》されたくなければ黙《だま》ってエッチな要求を聞けと、二人が脅《おど》していたところからですよ」

「してねーから！　あたし達、そんな事はしてねーから！」

「なんでそんな要求するのさ！　あんた、私達をなんだと思ってんのよ！」

私の軽い冗談《じょうだん》に、二人は真っ赤になって抗議《こうぎ》する。

「ちょっと、その……。ゆんゆんからお金を借りただけよ。実は、あたしの弟が、さ……」

「そ、そうそう。ふにふらの弟が病気で、その薬代が必要になって。私達の手持ちじゃ足りなくって、カンパしてもらってたのよ」

「ほう、そんな大変な事に……。まったく水臭《みずくさ》い、それならそうと、この私にも相談してくれればよかったものを」

「「えっ!?」」

私の言葉に驚《おどろ》きの声を上げてのけ反る二人。

「なんですか？　この私が、困っている人を助ける事がそんなに驚きですか？　それとも私に喧嘩《けんか》売ってるんですか？」

「ち、ちがっ……！　そうじゃないけどさ、ほら。その……。あんたって超貧乏《ちょうびんぼう》じゃん」

「だよね。いくら困ってても、めぐみんにお金借りるってのだけはないわー」

「ぶっ殺」

鞄をブンブンと振り回して攻撃《こうげき》態勢に移った私に、二人は顔を引きつらせた。

「じゃ、じゃあ、どんな手助けをしてくれるつもりだったのさ！」

「そうそう、そこまで言うならお金貸してくれんの!?」

「貸すわけないじゃないですか。誰《だれ》に物を言っているんですか。相手を見てお金を借りるといいですよ？」

「「こ、こいつ……!!」」

二人がこめかみをヒクヒクさせながらこちらを睨《にら》みつけてくるが、私としても別にからかっている訳じゃない。

「まあ落ち着いて聞いてください。二人がお金を欲《ほっ》しているのは薬のため。なら、別にお金でなくとも、どうにかして薬が手に入ればいいのですよね？」

「えっ……！　いやまあ、そうなんだけどさ……」

「どうにかして、薬が手に入るあてでもあるの？」

口々に言ってくる二人に私は不敵に微笑《ほほえ》んだ。

「まあ、紅魔族随一《ずいいち》の天才に任せてください」

その自信たっぷりな私の言葉に、二人は不安気な顔を見合わせた。

5

ふむ。二人にはああ言ったものの、一体どうやって薬を手に入れようか。

こめっこを薬屋に連れて行って、オネダリでもさせてみようか。

妹のあの魔性《ましょう》ぶりならば、不可能ではないかもしれない。

「クロちゃん！　クロちゃんしっかりして！　なにがあったの!?　どうしてグッタリしてるの!?　めぐみん、鞄にクロちゃんが入ってるのを忘れたまま、登校中に振り回したりとかしてないでしょうね!?」

隣《となり》の席で、クロを抱き締《だ》めながら騒《さわ》ぐゆんゆんの声を聞き流しながら、私は、どうやって病治療《やまいちりょう》のポーションを調達するかを考えていた。

やがて、気怠《けだる》げな担任が教室内に入って来る。

そして、いつもの様に出席を取ると……、

「あー。今日の夕方より、邪神《じゃしん》を強引《ごういん》に再封印《さいふういん》するって話をしたな？　失敗する事はまあないだろうが、万が一って事もある。俺は再封印が失敗した時に備え、ずっと温存しておいたアレを用意して待機しておく。……ま、アレは使わないに越《こ》した事はないがな。再封印の成功確率は九割を超《こ》えるそうだから、俺の出番はないだろうさ。そう、アレはできれば、使わないで済むならその方がいい……」

と、担任は失敗フラグが立ちまくりなセリフを吐《は》いた。

なんだかソワソワしているところを見ると、本音では失敗して欲しいのだろう。

そして、誰にも聞かれてないのにペラペラと自慢《じまん》しだした、温存しておいたアレとやらを使いたいのだろう。

「まあ、そんな訳でだ。今日は寄り道せずに真っ直《す》ぐ帰る事。夕方には全員家の中にいるようにな。では、一時間目は魔道具《まどうぐ》作製の授業だ。全員、実験室に集まる事！　以上！」

担任は、そう話を締めくくると、さっさと教室を出て行き――

私はハタと気がついた。魔道具作製……！

――実験室は、学校の地下に造られている。

危険な薬品や爆発《ばくはつ》する系統のアイテム等も扱《あつか》うため……、ではなく。

魔法使《まほうつか》いといえば地下で怪《あや》しい実験だろうとの事で、ここに造られたらしい。

実験室では空いている席に好きに座ればいいのだが、私は常に最前列だ。

担任がボリボリと頭をかきながら教壇《きょうだん》に立つ。

「ではこれより、魔道具作製の授業を始める。魔法薬や魔道具の製造などは、我々魔法使い職の者にとっては大切な収入源となる。覚えておいて損はないぞ。では……。…………めぐみん、やる気があるのは良い事だが前に出過ぎだ」

「すいません。この授業が一番好きなもので」

最前列で話を聞く私に、担任は、もっと下がれとばかりに手を振り瓶《びん》を手にした。

「では、既《すで》に何度もやってはいるが、基本は大切だ。まずは簡単な体力回復のポーションを……。どうしためぐみん、手を挙げて。質問か？」

「そんな単価の安いポーションよりも、もっとお金になる高難易度なポーションの作り方を教えて下さい」

「よし、お前はこの授業の間は俺の助手をやれ。二度とそんなバカな事を言い出さないようにこき使ってやる」

理不尽《りふじん》！

——私が渋々《しぶしぶ》と仕事を手伝う中、担任が授業の説明を始めた。

「それでは、各自好きな材料を使っていいからポーションを作ってみろ。上手《うま》くできたら、そこにアレンジを加えてもいい。調合の比率によって、ポーションの効果が変わってくるからな。自分だけのレシピを作ってみろ」

助手としてクラスメイト達に道具や材料を配り終えた私は、本来の目的を思い出した。

「先生。質問なのですが、病を治療するポーションは私に作れたりしますか？」

「病の治療？　無理だとは言わんが、その手のポーションは難しいぞ。ちなみに、病治療のポーションは製作に金がかかる割には、あまり売れず、金にならない品だぞ？」

「先生が私をどんな目で見ているのかがよく分かりました。お金のためではありませんよ、病気で困っている人がいるので、自作する事ができたらなと思いまして」

私の言葉に、担任があごをさすりながら。

「……そういった事情なら、材料は好きに使えばいい。これがポーションのレシピだ、持っていけ。……しかし、個人主義で金に目がなく、モンスターにトドメを刺《さ》す事にも躊《ちゅう》躇《ちょ》のないお前にも、ちゃんと人の心はあったんだなあ」

「先生が私をどんな目で見ているのかが、本当によく分かりました」

卒業の際には、絶対にこの担任へお礼参りをしてやろうと心に誓《ちか》いながら、レシピを見てポーションの材料を集めていく。

ファイアードレイクの肝《きも》にマンドラゴラの根、カモネギの……。

「めぐみん、そんな材料を集めてきて何を作るつもりなの？　それよりも、体力回復ポーションは？　クロちゃんがグッタリして弱ってるんだけど、できればこの子の薬を……」

私が集めてきた材料を見て、近くにいたゆんゆんが心配そうな顔で言ってきた。

「これは友達との秘密の事ですので、ライバルのゆんゆんには言えません」

「あっ！　な、なにそれ！　ふにふらさん達からの相談を内緒《ないしょ》にした事への当てつけ!?」

騒ぐゆんゆんを無視し、高価な材料をすり鉢《ばち》の中へと放《ほう》り込む。

「いいわ、クロちゃんは私が助けるから……！」

ふとゆんゆんの方を見ると、未《いま》だにぐんなりしているクロを机に置き、体力回復のポーションを作ろうと息巻いていた。

「スパルタが我が家の教育方針なので、家《うち》の子をあまり甘やかさないでくださいね」

「鞄《かばん》に詰《つ》めて振《ふ》り回すのは、スパルタじゃなくて虐待《ぎゃくたい》って言うの！　まだ子猫《こねこ》なのよ!?　大事に扱ってあげなさいよね！」

気短に怒《おこ》るゆんゆんがクロを撫《な》でてやりながらそんな事を言う。

ゆんゆんはそう言うものの、私はこの猫はそうそう死なない予感がするのだけど。

人様によじ登ったりふてぶてしかったり、それに子猫のクセになんでも食べる。

なんだか猫らしくないのだが、我が家の過酷《かこく》な環境《かんきょう》に慣れてきたからなのだろうか？

「まあなにはともあれ、まずは薬作りです！　我が魔道技術を見るがいい！　病など一撃《いちげき》必殺です！　ふはははは……！」

「何を作ろうとしてるのかは知らないけど、劇薬を作ってるんじゃないわよね？　体に良い、ポーションを作るんだよね!?　一撃必殺とか物騒《ぶっそう》なセリフが聞こえたんだけど！」

ゆんゆんが不安気に顔を引きつらせる中、高難易度のポーション作りが始まった——

まずは、乾燥《かんそう》させたファイアードレイクの肝を粉にする。

続いて、生命力の強いマンドラゴラの根っこを……。

「きゃー！　めぐみんのすり鉢から火の粉が飛んできてるんだけど！　ちょっとめぐみん、何作ってるのよ!?」

「ちょっ！　こっちにも火が！　ああっ、火が広がってく！　先生、先生ーっ！」

「『クリエイト・ウォーター』！」

誰かの悲鳴を聞き流しながら、マンドラゴラの根っこを細かく刻もうと包丁を……。

「ねえー！　マンドラゴラが何本か逃《に》げてる逃げてる！　誰よマンドラゴラなんて持ってきたのは！」

「……!?　えっと、めぐみんの包丁を白刃《しらは》取《ど》りしてるその植物って、マンドラゴラ……なんだよね……？」

別の誰かの疑問の声を聞きながら、激しい抵抗《ていこう》をみせるマンドラゴラをなんとか捌《さば》き、根っこを刻んで鍋《なべ》に投入。……だが、まだ足りない。

何本か逃げたマンドラゴラを捕《つか》まえないと……。

「ほい。一本捕まえたよ。何を作るのか知らないけど、面白《おもしろ》そうな事をやってるね」

逃げたマンドラゴラの葉の部分を握《にぎ》り締めたあるえが、クイッと眼帯を指で上げ、ニヤリと笑うと、マンドラゴラをこちらに差し出し言ってきた。

「高難易度の病治療ポーションを作っているのですよ。あるえは自分のポーション作りは終わったのですか？　手が空いているのなら手伝って欲しいのですが」

「構わないさ。よし、とりあえずコイツを細かく刻んで……」

「いいですよあるえ、コイツが抵抗しないよう、その調子で押さえておいてくださいね！　植物形モンスターです、情けは無用ですよ！　ええい、暴れないでください！　おろしがねで削《けず》られたいのですか！」

あるえが調合を手伝ってくれる中、四苦八苦する私達の作業の様子を、ゆんゆんが青い顔で眺《なが》めていた。

「あわ……あわわわわ…………」

涙目《なみだめ》のゆんゆんの視線を浴びながら、無事マンドラゴラを刻み終え、次はいよいよ最後の材料へと取りかかる。

餌《えさ》となるネギを常に背負い、カモの様な愛らしいレアモンスター、カモネギの……！

「やらせはしない！　それ以上はやらせはしないわ！」

ゆんゆんが突然叫《とつぜんさけ》び、私の手を横から掴《つか》む。

「なにをするのですか、調合の邪魔《じゃま》をしないでください」

「だってだって！　ここ、こんなに……こんなに可愛《かわい》いカモネギを……！」

ブンブンと首を振り、ゆんゆんが涙目で訴《うった》えかける。

いつの間にか、周りの生徒達もなんだか泣きそうな表情で、私の方を注視していた。

そして、キョトンとして首を傾《かし》げる、つぶらな瞳《ひとみ》のカモネギにも。

まあ、確かに可愛らしい。可愛らしいが……。

「ゆんゆん、コイツはこんなに可愛くてもモンスターですよ？　世の中には、無害に見えてもその実恐《おそ》ろしいモンスターだっているのです。里の周辺には安楽少女と呼ばれるヤツが生息しているのを知っているでしょう？　強烈《きょうれつ》な庇護《ひご》欲《よく》を湧《わ》き立たせ、その傍《そば》から離《はな》れられなくして衰弱死《すいじゃくし》させるモンスターです。どんなに可愛くても、モンスターを倒《たお》す事を躊躇《ためら》ってはいけません」

「そうなんだけど！　そうなんだけどっ!!」

未だ食い下がるゆんゆんの肩《かた》にポンと手を置き、あるえが言った。

「まあ落ち着いて。めぐみん、ポーション作りに必要な材料は、カモネギのどの部分なんだい？　内臓系だと絞《し》めなきゃいけないけど、それ以外なら……」

あるえの言葉にゆんゆんが、恐々《こわごわ》と上目遣《うわめづか》いでこちらを見てくる。

私は、そんなゆんゆんに。

「カモネギの背負っているネギが材料です。……これで、安心しましたか？」

そう言って、安心させる様に笑いかけた。

それを聞いてホッと息を吐《つ》いたゆんゆんが、摑んでいた私の手を放してくれた。

「元々、ネギは病気の治療《ちりょう》に効くと言うからね。ネギを、食べたり巻いたり刺してみたり。カモネギのネギは、あらゆるネギの中でも至高の品らしいよ？」

あるえが、言いながらカモネギの背負ったネギを数本抜《ぬ》き取った。

私は、ネギを刻みだしたあるえを見ながらゆんゆんに。

「まったく……。私をなんだと思っているのですか？　自分にだって、可愛い生き物を愛《め》でる心ぐらいあります。無意味な殺生《せっしょう》などしませんよ」

「そ、そうだよね、ごめんね！　よかった……。カモネギは、倒すと大量の経験値が得られるレアモンスターな上に、食べると凄《すご》く美味《おい》しいって聞くから……」

「………………」

大量の経験値が得られるレアモンスター？

食べると凄く美味しい？

「本当にごめんね。薬の材料になるし、レベル上げにもなるし、お昼ご飯にもなるしで、一石三鳥とか言ってやらかすかと……」

「キュッ！」

私の手で絞められたカモネギが、小さな悲鳴を上げてクタッとなった。

自分の冒険者《ぼうけんしゃ》カードを見てみると、一気にレベルが二つ上がり、スキルポイントも2ポイント加算されている。

口をパクパクさせているゆんゆんに、カードを自慢気《じまんげ》に掲《かか》げると。

「めぐみんは、レベルが上がった」

「ばかああああああああーっ！」

6

——放課後。

「なによカモネギスレイヤー。こんな所に呼び出して」

「めぐみん。あんた、ゆんゆんに謝んなさいよ？　今朝の事がよっぽどショックだったみたいで、ずっとメソメソしてたわよ？」

私は、校舎裏に呼び出したふにふらとどどんこに、開口一番そんな事を言われた。

「今度カモネギスレイヤーと呼んだら酷《ひど》い目に遭《あ》わせますよ。というか、ゆんゆん以外にも、多数のクラスメイトにトラウマを植えつけた今朝の騒《さわ》ぎは、元はといえば二人が原因なのですよ？　私が何を作っていたのか分かりますか？」

私の言葉に、二人は顔を見合わせると……。

「まさか……」

「その、手に持ってるポーションって……」

「そう、自作の病治療ポーションです」

二人は心底嫌《いや》そうな顔をした。

「不安なのは分かります。ですが、レシピ通りに作ったので問題ないですよ。多少材料を多く入れましたが、効果が大きくなるだけだと思われます。ささ、遠慮《えんりょ》なくどうぞ」

「ええー……」

ふにふらは心底不安気な表情ながらも、私の作ったポーションを渋々《しぶしぶ》受け取った。

「さあ、これでゆんゆんから借りたお金は必要なくなりましたね。それでは、これと引き換《か》えにお金を返してもらいましょうか」

「えっ！　ちょ、ちょっと待ってよ、まだ、その薬が効くかどうかも……！」

焦《あせ》りながら言ってくる、ふにふらの言葉を遮《さえぎ》る様に。

「そんな事は関係ありません。というか、ふにふらの弟が本当に病気なのかどうかも私にとっては関係ありません」

黙《だま》らせるように、キッパリ言った。

「う……、い、いやそれは……」

「い、いや……。びょ、病気だから！　ふにふらの弟は本当に病気だから！」

口ごもるふにふらを庇《かば》う様に、どどんこがなおも言い募《つの》る。

が、そんな事はどうだっていい。

「私が言いたいのは、寂《さび》しがり屋なぼっちの良心につけ込んでお金を巻き上げた事です。あの子は私の次に頭がいいんです。バカではないのですよ？　私がこれだけ怪《あや》しいと思っている事を、あの子が気づかない筈《はず》がないでしょうに」

言いながら詰《つ》め寄る私に、二人は青い顔で慌《あわ》てて言った。

「分かったって、お金なら返すからさ！　ちょ、あんた、目の色が真っ赤だから！」

「本気で怒《おこ》らないでよ、こ、怖《こわ》いって！」

そう言いながら、ゆんゆんから借りたお金を差し出してくる。

おっといけない、どうやらかなり本気になっていた様だ。

紅魔族《こうまぞく》は感情が昂《たか》ぶった際、紅《あか》い瞳の輝《かがや》きが増す。

このままでは、私のクールなイメージが崩《くず》れてしまう。

「……まあいいでしょう。では、このお金は私からゆんゆんに返しておきます。本当に友人になりたくてあの子に近づいたのならともかく、人の良さとチョロさにつけ込む気ならやめてください。さもなくば、私が魔法《まほう》を覚えた際には、最初の試《ため》し撃《う》ちの相手になりますよ」

「わ、分かったたってば！　まあいいでしょうとか言いながら、あんた、まだ目が真っ赤だから！　ゆんゆんの事がどれだけ好きなのさ！」

「もうあんた達の仲の邪魔はしないからさ、今後はちょっかいかけないから、二人で好きにしてよ……！」

ふにふらとどどんこが、焦りながらそんな事を…………。

「……なにか誤解してはいませんか？　別に、私とゆんゆんはそれほど仲の良い間柄《あいだがら》ではないですよ？　……というか、友達でもありませんし」

「はいはい、もういいから」

「ていうか、これだけ必死に庇ってておいて、友達じゃないってのならどんな関係なのよ」

二人は面倒臭《めんどうくさ》そうに、手の平で自分達の顔をパタパタとあおる。

熱い熱いとでも言いたげに。

「どんな関係と言われても、ただの……。その、ライバルと言いますか……」

「はいはいはいはい、もういいからいいから。なんていうか、傍《はた》から見てると百合百合《ゆりゆり》しいのよあんた達」

「めぐみん、目が真っ赤なんだけど。こういう時って、私達紅魔族は、嘘《うそ》がつけないのが困りものよね」

…………。

「ま、今回は折れてあげるけど。あんたも、自分が首席だからってあんまり調子には乗らない事ね」

「そうそう。あんた達がイチャイチャしてる間に、私達が下から追い抜くかもしれないからね。もし私が首席にでもなったら、あんたの愛妻が私をライバル視しちゃうかもよ？ま、そうならないように、せいぜい今の内に……」

私は二人のそんな捨て台詞《ぜりふ》を、最後まで言わせる事なく襲《おそ》いかかった。

「ちょっ！　ああっ、せっかくのポーションを割ろうとしないでよ！　あんたズルい、卑怯《ひきょう》よ！　やめっ、やめてえ……！」

「こんな時ぐらい空気読みなよ！　これは、こういった時のお約束の捨て台詞で……！

ちょっ、やめっ……！」

7

二人に逆襲《ぎゃくしゅう》し終えた私が、スッキリ艶々《つやつや》とした顔でクロと鞄《かばん》を取りに教室へ戻《もど》ると、教室内にゆんゆんが、一人ポツンと残っていた。

「……一人で、そんな所でなにをしているのですか？」

「なにしてるじゃないでしょ!?　めぐみんを待ってたんだけど！　クロちゃんを置きっ放しでどこ行ってたの!?」

どうやら、私と一緒《いっしょ》に帰ろうと待っていてくれたらしい。

「いえ、ちょっとふにふらに用がありまして」

いつの間にか一緒に帰るのが当たり前の間柄になっていて、ふにふら達の捨て台詞が脳《のう》裏《り》をよぎった。

……ま、まあ、邪神《じゃしん》の下僕が里の中でも目撃《もくげき》されたぐらいだし、ライバル関係はしばらくお預けでもいいだろう。

そう、友人なんて間柄ではないが、こんな物騒《ぶっそう》な時ぐらいは……。

ゆんゆんは、口では怒《いか》り気味の口調ながらも、一人で待っていてちょっと寂しかったのか幾分《いくぶん》ホッとした表情だ。

「めぐみんがふにふらさんに用だなんて珍《めずら》しいわね。それじゃあ帰ろうか。確か先生が、今日の夕方から邪神の再封印《さいふういん》をするから、早く帰れって言ってたし……」

「はい、これどうぞ」

私は、帰り支度《じたく》をしていたゆんゆんに、ふにふらから返してもらったお金を手渡《てわた》した。

お金の入った小さな袋《ふくろ》を手に、キョトンとしているゆんゆん。

私は用は済んだとばかりに鞄を手に取り、中にクロを詰めようとするものの、なぜかクロは鞄の中に入りたがらない。

私の肩《かた》の部分に爪《つめ》を立ててしがみつき、激しい抵抗《ていこう》を見せていた。

「ねえ、このお金……」

「ふにふらからです。弟さんへの薬はなんとかなったらしいですよ。だから、それは返すそうです。よかったですね」

ゆんゆんに受け答えしながら、クロを肩から引き剝《は》がそうとする。

こ、こいつ……、それほど鞄の中が嫌なのだろうか……！

私とクロが激闘《げきとう》を繰《く》り広げていると、ゆんゆんが。

「ねえめぐみん。ふにふらさんの弟さんに、めぐみんがなにかしてあげた訳じゃあないの？　たとえばその、めぐみんが……。病治療ポーションでも作ったりだとか……」

そんな事をゴニョゴニョと呟《つぶや》いた。

ほらみなさい、ふにふら、どどんこ。この子は私の次に頭が良いのですから。

「現実主義な私が、自分の利益にもならない人助けなんて、する訳ないじゃないですか」

「そう言われると、確かに凄《すご》く説得力があるわね」

…………。

「ねえ、なんでサッサと帰ろうとするの!?　ずっと待ってたのに置いてかないでよ！」


――学校の外に出ると、太陽が西の空に傾《かたむ》いていた。

もうそろそろ夕暮れ時だ。

後ろからはゆんゆんが、慌てて追いかけて来る。

どうしても鞄に入ろうとしないクロを肩に乗せ、帰り道を歩いていると。

「ねえめぐみん、本当になにもしてないんだよね？」

「疑《うたぐ》り深い子ですね。というか、万が一私がふにふらの弟に薬を作ってあげたとして、別に誰《だれ》にも迷惑《めいわく》なんてかけていないし、いいではないですか」

「け、今朝の授業で、色んな子が迷惑してたあの騒ぎは……？」

私はそれには答えず無言で歩いていると、ゆんゆんが早足で慌てて隣《となり》に並んでくる。

そして、私の横顔を見ながら言った。

「……ねえ、めぐみん。別に、お礼だとか、特にそんな意味はないんだけどさ。……どこかに寄って行かない？　お金が返ってきた事だし、奢《おご》るからさ」

そちらの方をチラと見ると、ゆんゆんが笑っていた。

……頭の良い私のライバルは、既《すで》になにがあったのか、大体分かっているらしかった。

8

「奢るとは言ったよ。うん。奢るとは言ったんだけどね」

店を出て、家への帰り道。

ゆんゆんが、財布《さいふ》を覗《のぞ》き込みながら深いため息を吐《つ》いていた。

「ごちそうさまでした。こんなに食べたのは生まれて初めてです。今日は、流石《さすが》にもう食べられないですよ」

「それはよかったわね！　ああもう……っ！　そりゃあ、好きなだけ食べていいって言ったのは私なんだけど……！」

ゆんゆんの怒り声を聞きながら、夕暮れで赤くなった道を歩く。

「ふう……。流石に、これだけ食べた後は歩くのが苦しいのですが。ちょっと消化するまで、どこかで休んでいきませんか？」

「もう……、もう……っ！　そんなになるまで食べるだなんて、どれだけ食い意地張ってるのよ……！」

怒ったような呆《あき》れたようなゆんゆんを連れ、紅魔の里の公園に立ち寄った。

公園といっても、ベンチと池、雨除け代わりの小さな建物がある程度だが。

肩にくっついていたクロを剝がし、そのままベンチに仰向《あおむ》けになる。

「め、めぐみん！　スカート引っかかってぱんつ見えてるから！　ああもう……っ！　女の子の行動じゃないと思うの……」

ゆんゆんが、かいがいしく私のスカートの裾《すそ》を直してくれた。

「ゆんゆんは良い奥さんになりそうですね。卒業したら私を養ってくれませんか？　私はご飯とか食べても、ちゃんと毎日、美味《おい》しいって言う人ですよ」

「い、嫌《いや》よ！　どうして私が!?　美味しいって言ってくれるだけで、私が喜ぶとでも思ってるの⁉　……そんな、毎日ご飯が美味しいってだけで……。……毎日。……うーん……」

突然《とつぜん》悩《なや》み出したチョロいゆんゆん。

こんなバカな事を言っているから、ふにふら達に百合百合しいとか言われてしまうのかもしれない。

「卒業と言えば、ゆんゆんは私が卒業した後はどうするんですか？　私はもう、あと一回スキルアップポーションをもらえれば、それで卒業できるのですが」

「えっ、どうして？　めぐみんって、確か魔法習得までの残りのスキルポイントって、あと4ポイントだって言ってなかったっけ？　それが、昨日もらったスキルアップポーションで残り3ポイントになって、私と同じに…………。……ああっ‼」

ゆんゆんが途中《とちゅう》まで言いかけ、何かに気づいた様に突然《とつぜん》大声を上げた。

「今朝のカモネギ！　カモネギを絞《し》めて、レベルが……！」

「そうです、あれでレベルが二つも上がり、先日のスキルアップポーションと合わせて、スキルポイントを3ポイント入手。魔法習得に必要な残りポイントは1ポイント。おそらく、次のテストで卒業です」

ベンチに横になる私のお腹《なか》の上にクロが乗る。

この子はなぜこんなにもふてぶてしいのだろう。

——ゆんゆんが、泣きそうな小さな声で呟いた。

「そ、そんなあ……。一緒に卒業できないなんて……。せっかくスキルポイントを合わせたのに……」

ゆんゆんが、しょぼくれながらそんな事を——


——私は、ベンチから跳《は》ね起きた。

お腹に乗っていたクロが転がり落ちる中、私はゆんゆんに問いただす。

「今なんて言いました？　ひょっとして、私と一緒に卒業するためにスキルポイントの調整をしたのですか？　先日も、テストで三位以内に入れなかったのではなくて、わざと手を抜《ぬ》いて三位以内に入らず、スキルアップポーションをもらわなかったのですか？」

「ッ⁉」

ゆんゆんが、しまったといった表情でビクッと震《ふる》えた。

肯定《こうてい》しなくてもその反応だけで十分だ。

「なんてバカなんでしょうかこの子は！　一緒に卒業したいというのなら、スキルポイントが足りていても魔法《まほう》を覚えなければいいだけでしょうに！　というか、上級魔法を覚える事を保留する事もできず、一緒に卒業したいとも言い出せずにこんな事するだなんて、不器用にもほどがあるでしょう！」

「だだだ、だってだって！　いつも私より上だと思っていためぐみんを、いつの間にか抜いてたんだもの！　私より絶対早く卒業するって思ってたのに……！」

「あっ！　今、私を抜いたと言いましたね！　抜いてません！　抜いてませんよ！　この際だから言っておきますが、私は上級魔法を覚える気がありません！　そんな物よりも、もっとずっと超威力《ちょういりょく》の必殺魔法を習得するのです！　ほら、私の冒険《ぼうけん》者カードを見るがいいです！　上級魔法を覚えられるポイントぐらい、とっくに貯《た》まっているのですよ！」

激高した私がベンチから立ち上がり、ゆんゆんの鼻先に冒険者カードを突《つ》きつけると、ゆんゆんは食い入るようにカードを見詰《みつ》め。

「ほ、ほんとだ……！　なんだ、やっぱりめぐみんは、私よりも凄かったんだ……！」

「えっ。……ええと、はい。まあ凄いのです。なので、その、手を抜かれると困ります」

満面の笑《え》みで素直《すなお》に喜ばれてしまうとそれはそれで困ってしまう。

ライバルには、やはり強くあって欲しいのだろうか。

「そ、その。手を抜いたのはごめん。でも、上級魔法よりも凄い魔法って……。炸裂《さくれつ》魔法でも覚えるつもり？　それともまさか、爆発《ばくはつ》魔法とか……」

「爆裂《ばくれつ》魔法です」

…………それを聞き、ゆんゆんが急に押し黙《だま》った。

「えっと、今、なんて？　爆裂魔法って聞こえたんだけど」

「ええ、爆裂魔法ですよ。最強の魔法と呼ばれる、あの凄いヤツです」

それを聞いて、ゆんゆんは再び黙り込んだ後……。

「なに言ってるの？　爆裂魔法って、あの爆裂魔法？　ネタ魔法って呼ばれてる、あの爆裂魔法？　習得するのに必要なスキルポイントは、あらゆる職業の、あらゆるスキルの中で最も多く、もし習得できたとしても、殆《ほとん》どの者は魔力《まりょく》不足で発動もしないか、たとえ発動したとしても、魔力を使い果たして動けなくなるって言う……」

「そうです。その、爆裂魔法です」

コクリと頷《うなず》く私に向けて、ゆんゆんは大きく息を吸い込むと……！

「バカじゃないの!?　なに言ってるのめぐみん！　そんなの覚えてどうするの!?　習得しても、殆どの人が魔力が足りずに使えない魔法なのよ？　もしかろうじて魔法が使えたとしても、一日一発しか撃《う》てない、使い勝手の悪いネタ魔法なのよ？　なに考えてるの？　バカなの？　バカと天才は紙一重《かみひとえ》って言うけれど、めぐみんって紙一重でバカだったの？」

「そ、それ以上バカバカ言うなら、いくらゆんゆんでも酷《ひど》い目に遭《あ》わせますよ！　……というか、今更《いまさら》言われずとも全《すべ》ては覚悟《かくご》の上ですよ。私は誰よりも爆裂魔法について調べました。今では、この里で一番爆裂魔法について詳《くわ》しいと自負しています」

「詳しいって言うのなら、どうしてそんなの覚えようとするの!? めぐみんなら……。きちんと上級魔法を覚えて、経験を重ねていけば、めぐみんなら、きっと歴史の教科書に載《の》るぐらいの大魔法使《だいまほうつか》いにだってなれるのに……っ！ ねえ、なんで!?」

私の事なのに、なぜか涙目《なみだめ》になって必死に叫《さけ》ぶゆんゆんに。

「それはもちろん、爆裂魔法が好きだからですよ」

これ以上になく、素直に答えた。

もっと深い理由でもあると思っていたらしいゆんゆんは、私の答えに目を丸くすると。

「……めぐみんは、やっぱり天才じゃなくてバカだと思う」

「それ以上バカと言ったら酷い目に遭わせると警告しましたよ！」

私は、言うと同時にゆんゆんへと飛び掛《か》かった！

9

「はあ……はあ……！ 勝った……！ 初めて、めぐみんに勝った……！」

顔を輝《かがや》かせ、心底嬉《うれ》しそうに呟くゆんゆん。

む、無念……！

初めてゆんゆんに負けてしまった。

「まあ、今のは本気を出していませんでしたしね。私はほら、月が欠けてくると力が出せないタイプの人間ですから」

「悪魔族《あくまぞく》じゃあるまいし、そんな訳ないでしょ！　素直に負けを認めなさいよ！」

人気《ひとけ》のない公園でひとしきりゆんゆんと組んずほぐれつした後、私はゆんゆんに取り押さえられていた。

火照《ほて》った体に、ヒンヤリとした地面の感触《かんしょく》が心地《ここち》良い。

陽《ひ》が沈《しず》みかけ薄暗《うすぐら》くなってきた公園で、二人して荒《あら》い息を吐いていた。

頭に血が上り、不得手な肉弾《にくだん》戦を挑《いど》んでしまった。

「はあ……。負けを認めますから、解放してください。負けですよ、私の負けです」

それを聞くと、ゆんゆんは素直に放してくれる。

「……ふう、負けた負けた。まあ、あれだけたくさん食べた後ですから負けるのも当たり前なんですがね。言ってみれば、実力の半分も出せない状態でしたから」

「ああっ！　解放されてから言い訳するのはズルい！」

悔《くや》しそうにしているゆんゆんに、私は膝《ひざ》の土を払《はら》いながら立ち上がった。

「私が旅に出る前に一勝できてよかったですね。ゆんゆんは、やがては紅魔族《こうまぞく》の族長を継《つ》ぐべき者。私が外の世界を旅して大魔法使いとして名を馳《は》せている間、ゆんゆんは族長の跡《あと》を継ぎ、この里で平凡《へいぼん》な日常を送って老いさらばえていくがいいです」

「素直に私が勝った事を褒《ほ》められないの⁉　嫌《いや》みまで言って、ほんとは負けた事がちょっと悔しいんでしょう！　……っていうか、その……。卒業したら、旅に出るの？」

私は足下《あしもと》に寄って来たクロを抱《だ》き上げてやりながら、不安そうに尋《たず》ねてきたゆんゆんに。

「ええ、旅に出ます。ゆんゆんにだけ教えておきますが、実は私の爆裂魔法好きには理由がありましてね」

そこがお気に入りの場所なのか、クロが私のローブの肩《かた》に爪《つめ》を立て、しっかりとしがみついた。

私はクロの頭をグリグリと撫《な》でながら、まだ親にさえ言っていなかったあの出来事をゆんゆんに話す事にした。

「私は子供の頃《ころ》、魔獣《まじゅう》に襲《おそ》われた事があったのです。そこにたまたま通り掛《か》かった魔法使いのお姉さんが、爆裂魔法でその魔獣を撃退《げきたい》したのですよ。その時の爆裂魔法の破壊《はかい》力。圧倒的《あっとうてき》な暴力。絶対的な力。それはもう凄《すさ》まじく、最強魔法の名に相応《ふさわ》しい威力《いりょく》でした。あれを一度でも見てしまったなら、他《ほか》の魔法を覚える気が起きませんでしたね」

フードのお姉さんの声や雰囲気《ふんいき》は今ではうろ覚えなのだが、あの時の爆裂魔法の見せた光景だけは、今でも鮮明《せんめい》に覚えている。

それを思い出すだけで、胸が熱くなり、苦しくなった。

私には、ふにふらやどどんこの様に色恋話《いろこい》に興味がある訳でもなく、ゆんゆんのような、族長になるために努力するという、立派な目標もない。

ただただ、あのフードの人にもう一度会って、私の爆裂魔法を見せたいだけだ。

もう一度会ってお礼を言って。

……そして、聞くのだ。

あなたに教えてもらった、私の爆裂魔法はどうですか――と。

そんな、私の唯一《ゆいいつ》の夢を告げると、今までの不満そうな表情ではなく、なんだか納得《なっとく》したような、スッキリした顔でゆんゆんが息を吐《つ》いた。

「そんな理由があるなら私がどうこう言う事はできないわね。でも、爆裂魔法使《まほうつか》いは本当に茨《いばら》の道よ？　めぐみんの魔力量なら魔法を撃つ事はできるかもしれないけど、撃った後は魔力を使い果たして、まず身動きが取れなくなるわ。旅をするのはいいけど、一人で旅なんかしたら、魔法を撃って動けない無防備なところを、他のモンスターに襲われちゃうわよ？　一緒《いっしょ》に旅する仲間のあてはあるの？」

「ゆんゆん並に友人のいない私に、そんなあてがある訳ないじゃないですか」

「どうして自慢気《じまんげ》なの!? ねえ、旅に出るって言っても、魔法を覚えたらすぐさま旅に出る気じゃないわよね? しばらくは里に残るんでしょ?」

「ええ、まあ。妹を放《ほう》っては置けませんしね、しばらくは里でバイトでもしながら、頃合《ころあ》いを見て旅に出ますよ」

私の言葉に、ゆんゆんがホッと息を吐く。

「ゆんゆんは、このままずっと里に残って族長の跡を継ぐのでしょう? 紅魔族の族長は代々世襲《せしゅう》制ですし」

「そうね。やがて族長になるとは思うけど。でもそれまでに、私も色々な経験を積んでおきたいな。今はまだ、めぐみんに助けられたりする身だけど、いつかは……」

ゆんゆんがなにかを言いかけたその時、私の肩に乗っていたクロが小さな音に反応した。

パシャパシャという水の音。

そちらを見ると――

「あっ、珍《めずら》しい! 野生のカモネギ! 里の中にまで入って来るなんて……」

公園の池で泳いでいるカモネギが、人懐《ひとなつ》こそうにこちらに向かって寄って来た。

非常に美味《おい》しく高経験値なのに、なぜか他のモンスターに襲われない特殊《とくしゅ》な習性を持つカモネギ。

あるモンスター学者は、見た目の愛くるしさからモンスター達にも庇護欲《ひごよく》が湧《わ》くのではと言っていたが。

池から上がり、よちよちとこちらへ歩き、つぶらな瞳《ひとみ》でゆんゆんを見るカモネギ。

ゆんゆんは、カモネギを怯《おび》えさせない様にその場に屈《かが》み込むと、優《やさ》しげな表情で先ほど言いかけていた事の続きを語りだした。

「……今はまだ、めぐみんに助けられる私だけど。いつかは、里で一番の魔法使いになって、このカモネギみたいな弱い子を守ってあげられる、そんな……」

「キュッ！」

ゆんゆんがなにかを言いかけていたが、そんな事よりもカモネギを逃《に》がすまいとしていた私はカモネギの首をキュッと絞《し》めた。

くてっと動かなくなったカモネギを高々と掲《かか》げると。

「めぐみんは、晩のおかずをゲットした！」

「バカあああああああーっ!!」

そんな私に、ゆんゆんが泣きながら飛び掛かってきた。

――ラウンド2！

10

「……まったく。ゆんゆんのおかげですっかり暗くなってしまったではないですか」

「私のせい!? 私のせいなの!? ていうか、どうしてあんなに愛らしい生き物を絞められるの? めぐみんはなにをやるにしても、容赦《ようしゃ》がなさ過ぎるのよ! もうちょっと人の心を持ちなさいよね!」

ゆんゆんが、未《いま》だに怒《おこ》りながら前を行く。

あれから再戦したせいで、辺りはすっかり暗くなってしまった。

里のあちこちにある魔法《まほう》の掛かった街灯が明々と道を照らす。

「今日のところは一勝一敗。つまりは引き分け、勝負はなかったという事でいいですね」

「よ、よくないわよ! 私が一勝したのは事実でしょ!? いつも負けてる私は、今更負け星が一つ付くぐらいどうって事ないもの! 差し引きゼロじゃなく、ちゃんと一勝一敗よ! ふふっ、今日の事は日記に書いておこう。めぐみんに勝ったって」

「その後、手も足も出せずに地面に押し倒《たお》されましたってちゃんと書くんですよ」

「あんなのは認められないわよ! いい加減、クロちゃんを盾代《たてが》わりにするのはやめなさいよね！　……こんな事されてるのに、この子はどうしてめぐみんに懐くんだろ」

ゆんゆんが不思議そうにクロに小首を傾《かし》げるが、当の黒猫《くろねこ》は私の肩にへばりつきながらあくびをしている。

本当に変わった猫だ。

普通《ふつう》、あれだけドタバタすれば逃げたり鳴いたりしてもいいものだけれど。

戦利品のカモネギを持って、上機嫌《じょうきげん》で帰路を急ぐ。

私はゆんゆんに奢《おご》ってもらったが、妹はお腹《なか》を空《す》かせている事だろう。

早く帰ってこの戦利品を食べさせてあげよう。

カモネギを手に鼻歌を歌いながら帰る私を、ゆんゆんがジト目で見てきた。

「めぐみんって、本当に女の子なの？　色気とか、一体どこに無くしてきたの？」

「ゆんゆんは、本当に族長の娘《むすめ》なのですか？　紅魔族の高尚《こうしょう》なセンスは一体どこに落としてきたのですか？」

お互《たが》いにしばらく無言で足を止め、不敵な笑《え》みを浮《う》かべてにじり寄った。

今日は一勝一敗。

ここで決着をつけてやろうかと考えていると、ゆんゆんがふいっとそっぽを向く。

「はあ……。まったく、めぐみんとは、どうして毎日こうなるんだろう」

「それはこっちのセリフです。どうして毎日私に突《つ》っかかってくるんですか？」

「うっ……。そ、それは……」

ニヤけながら言う私に、ゆんゆんはごまかすかの様に前を向いて歩き出した。

私は、未だ口元をニヤつかせながらその後ろをついて行く。

「……まったく！　せっかく、今日は良い一日で終わりそうだったのに！　めぐみんは毎日なにかをやらかさないと気が済まないの？　将来、絶対に加入したパーティーの人達に迷惑《めいわく》かけそう！」

「なにを言うのですか。私が爆裂《ばくれつ》魔法を覚えたあかつきには、パーティーの最大火力になって魔王《まおう》の幹部ですらぶっ飛ばしてやりますよ。なにせ、紅魔族随一《ずいいち》の天才たるこの私が入るパーティーです。それはもう世界に名だたる、上級職ばかりで構成されたエリート集団で……！」

ゆんゆんに向かって、まだ見ぬ将来のパーティーを想像していた、その時。

──カーン、カーンという甲高《かんだか》い音が、紅魔の里に鳴り響《ひび》く。

確かこの鐘《かね》の音は、緊急《きんきゅう》事態の際の鐘の音。

一体何事かと音の方へ振《ふ》り向くと……。

目に飛び込んできたのは、薄暗い空へと舞《ま》い上がる、無数のモンスターの群れ。

それらが、まるで何かを探す様に四方八方へと散らばって……！

「めっ……、めめ、めぐみん！　あれっ！　あああ、あれって……！」

「おっ、おお、落ち着くのですゆんゆん、ほら、担任が言っていたではないですか、邪神《じゃしん》の再封印《さいふういん》を強引《ごういん》にやるとかなんとか！　そして、あのいい加減な担任が言っていたではないですか、もし失敗した際には用意していたアレを使うとかなんとか！　なので、すぐに解決するはずです！」

というかむしろ、担任は失敗して欲しそうにソワソワしていた。

なので、何も心配する事はないはずだ。

というか、担任はわざと失敗したのではとすら思える。

肩にくっついていたクロが、珍しい事にあれほど嫌《いや》がっていた鞄《かばん》の中に入り込もうとする。

ふてぶてしい子猫《こねこ》だが、流石《さすが》にモンスター相手だと怖《こわ》いのだろうか。

「ねえ。……ね、ねえ！」

と、ゆんゆんが、クロを鞄に詰《つ》める私の袖《そで》をクイクイと引っ張った。

ゆんゆんは、青ざめた顔で空を見上げ。

「こっ……、こっちに来てない？」

空のある方向、あきらかにこちらへと向かって来ているモンスターを指さした。

「逃げますよ！　ここからなら私の家が一番近いです！　ゆんゆん、もし私の身に何かあっても、決して私の事は気にせず、そして振り返らないでください！　ここはあなたに任せて先に行きます！」

ゆんゆんがそれを聞き……！

「バ、バカッ！　なに言ってるの？　めぐみんを置いて行ける訳ない……じゃ……え、あれっ？　今なんて言ったの!?　ねえ、なんて言ったのよ！」

聞き流してはくれなかったゆんゆんが、涙目《なみだめ》で抗議《こうぎ》してくる。

それを受け流しながら背後を見ると、例のモンスター達が空を滑空《かっくう》しながら追って来ていた。

「ゆっ、ゆんゆん！　スキルポイントは!?　上級魔法を習得するためのポイントは、まだ貯《た》まってはいないのですか!?」

「貯まってないわよ！　めぐみんが、爆裂魔法を諦《あきら》めて上級魔法を取れば、あんなモンスター一掃《いっそう》できるでしょ!?　ねえ、そうしなさいよー！」

ゆんゆんが泣き声で言ってくるが、それだけは譲《ゆず》れない！

爆裂魔法を覚えるために、ただ、それだけのために頑張《がんば》ってきたのだから！

「もうダメ、追いつかれ……！　……あれっ？」

「……通り過ぎて行きましたね」

数匹《ひき》のモンスターは私達には目もくれず、どこかへと飛び去って行った。

私はホッと息を吐くと、鐘が響く方を振り返る。

鐘の音がこだまする薄暗《うすぐら》い空に、色鮮《いろあざ》やかな青白い閃光《せんこう》が幾筋《いくすじ》も奔《はし》った。

きっとあの下では、里の大人達がここぞとばかりに力を振るっている事だろう。

あの分だとすぐに制圧されるだろうが、早く家に帰った方がよさそうだ。

「ゆんゆんも、このままウチに来てください。今日は泊《と》まってくといいですよ」

「えっ！　と、泊まり!?　いいのっ!?」

「いいですよ？　というか、モンスターがうろついているこの状況《じょうきょう》で、ここから距離《きょり》のあるゆんゆんの家までどうやって帰る気ですか。パジャマは私のを貸してあげますが、胸が窮屈《きゅうくつ》だの丈《たけ》が短いだの言ったら裸《はだか》で寝《ね》かせますよ」

「い、言わないから！　我慢《がまん》するわよ、それぐらい！」

胸が窮屈だったり丈が短かったりするかもしれない事を、否定はしないゆんゆん。

ラウンド3を開始しようかとも思ったが、この状況ではそんな事をしている暇《ひま》もない。

「家はもう目の前です。とっとと帰りますよ。今日は、家には妹しかいません。今頃《いまごろ》お腹を空かせながらもちゃんと戸締《とじ》まりして、留守番をしているはずです。狭《せま》いボロ家ですが、しっかり戸締まりしておけばあのモンスター達でも――」

侵入《しんにゅう》はできない。

――私は、そう続けようとして……。

手にしていたカモネギを、ドサリと地面に取り落とす。

そして無残に破壊《はかい》された、家のドアを見て呟《つぶや》いた。

「…………こめっこ？」

幕間劇場【肆幕】

――この里の少女に親子丼を――

「さて。ようやくパズルが解けたと思ったら、次はコレだぜこめっこさんよ」

「なんて書いてあるのか読めないから、ホースト様読んで」

「…………。

「もう、ホースト様ってのは止めようぜ。俺も、こめっこさんとは呼ばずにこめっこって呼ぶからよ」

「分かった」

お互いにうなずき合うと、ホーストが墓に浮き出た字を読み上げた。

「『封印を解かんとする者。汝、祭壇に贄を捧げよ。神に捧げる供物とは、雌鳥とその子供。それらを捧げ、祈りを……』最後の辺りは読めねえが、まあ、生贄を捧げろって事だな。雌鳥と子供ねえ。こういった時の生贄は、できるだけ豪華で派手なのがいい。この供物を森で狩ってくるってのは難しいよなあ……」

ウンウンと悩むホーストが、ポンと手を打った。

「よし！　おいこめっこ、金をやるから、里で雌鳥と子供を買ってきてくれ！　一番良いやつだぞ！」

「分かった！」

ホーストが取りだしたお金を受け取り、わたしは里へと駆けていく。


――一時間後。


「ただいま！　買ってきたよ！」

「おう、よくやった、褒めてやる……って、何だそりゃ？」

落とさないようにと気を付けながら、わたしがお盆に載せて持ってきた物を見て、ホーストは首を傾げた。

わたしは、それを大事そうにお盆ごと祭壇の上に置くと。

「生贄の親子丼」

「馬鹿野郎！」

ホーストは、わたしが持ってきた丼のふたを開けると、中身を覗き……。

「あーあ……。お前なあ。確かに碑文の通り雌鳥とその子供だが、親子丼で解ける封印なんかがあってたまるか。ようやくウォルバク様の半身にお会いできると思ったのに……」

「ウォルバク様って、どんな人？」

「あん？　ウォルバク様の正体はな、とてつもなく巨大な漆黒の魔獣だ。そのお姿をお前が見たらチビっちまうぜ？　……ったく、これぱっかりは俺が用意するしかねえか。しょうがねえ、ちょっと時間は掛かるが……」

ホーストは呟くと、羽を広げてどこかへ行こうとした。

と、飛び立とうとしたホーストがこちらを向くと。

「……という訳で、だ。しばらくの間会えなくなるが、またな。帰ってきたら遊んでやるから、俺の事は誰にも言うなよ？　……その親子丼、食べていいから」

そう言い残した後、今度こそ飛び立っていった。


――どれぐらいの時間が経ったのだろう。

祭壇に座り、残された親子丼を食べていると。

「？」

茂みの奥から突然聞こえてきた、ガサリという音にそちらを見る。

するとそこには、茂みを掻き分けながらこちらに向かう、しっこくのまじゅうがいた。

……とても小さな姿だったけど。

驚きながら慌てて親子丼を食べ続けるわたしの下に、まじゅうはモタモタとやってくる。

どうも、わたしの持っている親子丼を狙っているみたいだった。

まるで、この親子丼は自分の物だとでも言いたげだったが、これはもう、わたしがホーストからもらった物。

立ったままで親子丼を食べていると、きょうぼうなまじゅうは、なんとわたしに襲い掛かってきた！

——足を引っ掻かれたり色々されたが、長い決戦の末、何かを諦めた様にとうとうまじゅうが動かなくなった。

わたしに抱きしめられ、頭を囓られたままのまじゅうは、グッタリして動かない。

勝った——！

わたしは、激戦の末の戦利品を持って家に帰った。

第五章
爆裂狂の誕生《プレリュード》

1

小狭く、そしてオンボロな我が家の中から、乱暴に引っかき回す様な音が聞こえる。

それはつまり、家に何者かがおり、家探ししているという事で。

何者かというのは、当然あのモンスターに決まっている訳で。

そして、家の中には——


「こ、ここ……こめっこ……こめっこが……」


「めめ、めぐみん落ち着いて！　おおお、落ち着いて⁉」

破壊された玄関《げんかん》にフラフラと向かう私の肩《かた》を、ゆんゆんが摑《つか》んで揺《ゆ》さぶってきた。

「……こめっこがあああああああ！」

「落ち着いて！　めぐみん、落ち着いてったら‼」

ゆんゆんの言葉に正気に戻《もど》った私は、素早《すばや》く脳を働かせた。

そう、こんな時には落ち着いて考えるべきだ。

「大丈夫《だいじょうぶ》です！　我が妹は、実は暴食神アストロボルグの生まれ変わり！　ピンチになったならその封印《ふういん》が解かれ、やがて私と共に世界を席巻《せっけん》」

「落ち着いてったら！　しっかりしてっ！」

「ハブッ⁉」

ゆんゆんに頬《ほお》を張られ、改めて正気に戻る。

「いたた……。バ、バカな事言っている場合ではありませんよゆんゆん！　家の中にはこめっこがいるはずです、チャチャッと潜入《せんにゅう》して救出します！　世渡《よわた》り上手で逞《たくま》しいあの子が、そう簡単にモンスターの餌《えさ》になっているはずがありません！　ほら、モタモタしてないで行きますよ！」

「……な、なんだろうこの釈然《しゃくぜん》としない気持ちは……」

ブツブツ言いながらも私の後をついて来るゆんゆんは、腰《こし》の短剣《たんけん》を抜《ぬ》き、銀色の刃《やいば》を煌《きら》めかせた。

「こんな時だけはゆんゆんの奇行《きこう》が頼《たよ》りになりますね。私は武器らしい武器を持っていません。イザという時は頼《たの》みますよ？」

「奇行⁉　奇行ってなに⁉　ねえ、私、また何かズレてる⁉」

「ズレてるというか、いくら気に入ったからといっても、学校にまで刃物《はもの》を持ってくるおかしな女の子はゆんゆんぐらいのものですよ」

「うぐっ……！　そ、それは確かにそうだけど……。そうなんだけど！　本当になんなんだろう、さっきから感じる釈然としないこの気持ち……っ！」

騒《さわ》ぐゆんゆんに向け、静かにと人差し指を自分の唇《くちびる》に当てると、ガタガタと音がする家にそっと足を忍《しの》ばせた。

中からは、こめっこの悲鳴らしきものは聞こえてこない。

一瞬《いっしゅん》、最悪の事態の想像が頭をよぎるが、私の妹は大物だからきっと大丈夫と、自分に言い聞かせ心を静めて……！


——玄関に入ると、モンスターと鉢合《はちあ》わせた。


クチバシの付いた爬虫類《はちゅうるい》顔のモンスターと、私達はお互《たが》いに見つめ合い……。

「…………あ、ああああゆんゆんゆんゆんゆん！　ゆんゆんゆん！　ゆんゆん！」

「待って押さないでちょっと今私の名前がおかしくなかった待って待ってちょっと待って！」

「シャアアアアアアアアーッッ！」

「威嚇《いかく》してます威嚇してますよゆんゆん、その短剣でガッとお願いします！」

「だってそんなだっていきなりそんな私モンスター相手でも殺すなんて……！」

突如大騒《とつじょおおさわ》ぎを始めた私達に、モンスターが威嚇の声を張り上げる。

ゆんゆんは腰撓《こしだ》めの状態で銀製の短剣を構えはしたが、今にも泣き出しそうな顔で小さく震《ふる》えていた。

そんなゆんゆんを見て、モンスターはこちらを容易《たやす》い相手と見て取ったのか、腕《うで》を広げて私達を捕《つか》まえようとにじり寄り……、

「今です！」

私にドンッと背中を押されたゆんゆんに、モンスターは腹を刺《さ》されて悲鳴を上げた。

「ヒギャアアアアアア！」

「きゃあああああああ！」

ついでに、モンスターを刺してしまったゆんゆんまでもが悲鳴を上げている。

腹を刺されて玄関先《げんかんさき》を転がり回るモンスターに、私は悲鳴を上げ続けているゆんゆんから短剣を引ったくると、それを相手の喉元《のどもと》へ、両手で握《にぎ》りしめ突《つ》き立てた。

「わ、わああああああああ！　めぐみんが！　め、めぐみんがあああああ！」

「う、うるさいですよゆんゆん！　魔王《まおう》も怯《ひる》む紅魔族《こうまぞく》ともあろうものが、モンスターを駆《く》

除《じょ》するのを躊躇《ためら》っていてどうするの……です……？」

………？

私に刺されたモンスターの様子が変だ。

というか……。

「……消えた？」

「ど、どうして？」

喉《のど》を刺されたモンスターは、しばらく苦しそうにもがいた後、黒い煙《けむり》となって消えてしまった。

死体を残さないというのはどういう事だろう。

と、家の中の音が止《や》んでいるのに気がついた。

つまり家探ししていたモンスターは、この消えてなくなった一匹《ぴき》だけという事だろうか。

でも、家の方に向かったモンスターの数はもっと多かったはずなのだが。

というか、そもそもなぜ貧乏《びんぼう》で大した食料もない我が家が狙われたのだろう。

いや、今はそんな事より！

「……そうです、こめっこ！　こめっこ、どこですか!?　私です、姉ですよ！」

「こ、こめっこちゃん？　こめっこちゃーん！」

家の中をゆんゆんと共に探してみるが、私達の呼び掛《か》けにもこめっこは出てこない。

家を隈《くま》なく調べたが血痕《けっこん》はなかった。

となると、家から既《すで》に逃《のが》れた可能性がある。

もしくはあのモンスターに攫《さら》われたか……。

「ゆんゆん、外です！　妹は外にいるはずです。私は妹を探してきますから、ゆんゆんはこめっこが帰って来た時のために、ここで待っていてください。壊《こわ》された玄関に家の家具を並べ、バリケードでも築いておいてください。あ、この短剣もうちょっと借りますよ」

では、と言い残し、外に出ようとする私の襟《えり》をゆんゆんが引っ張った。

「だ、ダメよ！　運動神経も大した事ないめぐみんが、外に出たところで食べられちゃうから！　私も一緒《いっしょ》に行くわよ！」

むう……。

「先ほどの勝負でちょっと私に勝ったからといって、また随分《ずいぶん》と言ってくれますね。いいでしょう、では一緒に行きましょうか。その代わり、モンスターが出たらゆんゆんに任せますよ」

「えっ⁉　そ、それはちょっ……と…………」

私とゆんゆんは、言いながら玄関から外に出て……。

――外に落としてきた私の鞄《かばん》を引き裂《さ》くモンスターと鉢合わせた。

「クロちゃんがっ！　あの鞄の中には、確かクロちゃんを入れてたでしょ!?」

ゆんゆんの悲鳴に、私の鞄を裂いていたモンスターがこちらに気づく。

「も、もうあの子はダメです、諦《あきら》めましょう！　私達の尊い犠牲《ぎせい》になったという事で、ちゃんとお墓も作ってあげますから！　大丈夫、あの子はこれからも共に生きるんです。そう、私の心の中で、ずっと一緒に……」

「生きてるよ！　ちゃんと見てよ、あの子まだ生きてるよ！　諦めるのが早すぎるでしょっ!?」

モンスターから逃《に》げようとする私の首後ろをガッと摑み、ゆんゆんが鞄を指さした。

そこには確かに、裂かれた鞄からモゾモゾと這《は》い出してくるクロの姿が。

だが、モンスターは鞄から這い出してくるクロに危害を加えるでもなく、傍《そば》に佇《たたず》み見守っていた。

というか、私達に気づいているにも拘《かか》わらず、こちらに興味を示していない。

「なんだか分かりませんがチャンスです！　あの毛玉に母性本能でも刺激《しげき》されているのかもしれません、今の内にここを離脱《りだつ》して妹を……！」

「待って！　お願いだからクロちゃんも助けてあげて！　こめっこちゃんが気になるのは分かるけども！」

「何言ってるんですか、あれだけ執着《しゅうちゃく》しているクロをアイツから奪《うば》えば、きっと私達を追いかけてきますよ！　なんだかそんな気がします！」

私の言葉にゆんゆんが、捨てられた子犬を拾ってきた子供が親に訴《うった》えかける様な目でこちらを見てくる。

……ああもう面倒臭《めんどうくさ》い！

「逃げる用意をしといてください！　妹が大事に育てているあの毛玉を取り返してきますから！」

育ててると言っても、それは非常食として、という事は伏《ふ》せておく。

ゆんゆんがパアッと顔を輝《かがや》かせる中、私は短剣を手にモンスターの背後に回り込もうと……。

――したところで、モンスターがこちらに合わせて動きだした。

鉤爪《かぎづめ》の付いた手をクロに伸《の》ばし、小さなその身を両手に抱《だ》く。

モンスターに抱かれたクロは、抵抗《ていこう》する事もなく大人しくしている。

翼《つばさ》をはためかせ、空へ舞《ま》い上がろうとするモンスターに向けて……！

「その子を持って行かれると、成長を心待ちにしている我が妹に恨《うら》まれそうなのです！　我が投擲《とうてき》術を見るがいい！」

「ああーっ！」

私が勢いよく投げつけた短剣は、あさっての方に飛んでいった。

「……まさか、風の結界を身に纏《まと》っているなんて……！」

「纏ってないよ！　どう見ても、ノーコンのめぐみんが変な所に投げただけよ！」

「そんな小さな事で言い争っている場合ではありませんよ！　クロが……！」

「そうなんだけど！　めぐみんの言ってる事は正しいんだけど、私さっきから、凄《すご》く釈然としない！」

私とゆんゆんが言い合っている間に、クロを抱いたモンスターは空高くへと舞い上がると、どこへともなく飛び去って行った……。


――攫われたクロを見送り、私は妙《みよう》に落ち着き払《はら》った声で言った。

「……きっとあの子は、天の御使《みつか》いだったのですよ。帰るべき所に帰って行っただけです。なので泣いてはいけません、温かく見守ってあげましょう……」

「おかしな設定付け足して、クロちゃんを諦めないで！　どうしよう、攫われちゃった！

きっと巣に持ち帰って食べる気なんだよ！　どうしようどうしよう！」

私が投げた短剣を回収してきたゆんゆんが、半泣きで言ってくる。

「まあ落ち着いてください。抱《だ》きかかえられたクロが暴れなかったところを見るに、あまり危険はないものと思われます。あの毛玉は我が家での教育の結果、身の危険を敏感《びんかん》に察知する様になったのです」

「ねえ、家でどんな飼い方してるの⁉　虐待《ぎゃくたい》とかしてないでしょうね⁉」

ゆんゆんが私の肩《かた》を摑《つか》み、ユサユサと揺《ゆ》らしながら言ってくる。

ともあれ、今はクロよりもこめっこだ。

「クロはひとまず置いておきましょう。それよりもこめっこです。ウチの妹もアレでなかなか根性《こんじょう》が据《す》わり、世渡《よわた》り上手なところがあります。訳も分からず泣き喚《わめ》いて、無残に殺される様な甘っちょろい子には育てていません。きっとどこかにいるはず……」

「そ、そうだった！　ねえめぐみん、こめっこちゃんが行きそうな所に心当たりはない⁉」

こめっこの行きそうな所……。

そんなもの、心当たりなんてあるはずもなく。

しかし、最近のこめっことの会話で、何か引っ掛かるものがあったはず。

なんだろう、なんだったか……。

「心当たりはありませんが、どうにも引っ掛かるのです。私も幼い頃《ころ》、こめっこと同じ様に……」

家をちょくちょく抜《ぬ》け出して、親に怒《おこ》られていた事が。

──そう言おうとして。……私は、ある記憶《きおく》が蘇《よみがえ》った。

私が子供の頃、邪神《じゃしん》の封印《ふういん》を担《にな》うパズルを、おもちゃと称《しょう》して遊んでいたあの記憶が。

「……あっ」

「……？　どうしたのめぐみん？」

こめっこに、ここのところ外で何をして遊んでいるのかと聞いた際、確か私にこう言ったはずだ。

『おもちゃを見つけたから、それで遊んでる！　姉ちゃんもやる？』……と。

……これは。

……こ、これはひょっとして……！

「ああ……、ああああああ……！　ももも、もしかして……！」

「何!?　な、何なのめぐみん、急にソワソワしだして……」

繋《つな》がった、繋がってしまった！

貧乏な我が家におもちゃなんてない。

なのにこめっこは、おもちゃで遊んでいると言っていた。

愛らしい我が妹の事、その辺の人におもちゃをもらった線も捨て切れないが、やはり一番シックリくるのは……！

2

――里の外れにポツンと佇む邪神の墓。

街灯の魔法光《まほう》で照らされた墓は、夜という事も相まって不気味な印象を与《あた》えている。

未《いま》だにモンスターが空を飛び交《か》う中、私達はそこに来ていた。

モンスター達は、里を駆《か》ける私達を見ても気にも留めず、ずっと何かを探している様だった。

「ねえめぐみん、いくらなんでもこんな所にこめっこちゃんは……」

不安そうに言ってくるゆんゆんには答えず、茂《しげ》みに隠《かく》れ、墓の様子をそっと窺《うかが》う。

「…………居たね」

「……居ましたね」

墓の前にはこめっこが、一体なんのつもりなのか、パズルの欠片《かけら》を両手に抱《かか》えて立ち尽《つ》くしていた。

私は、こめっこが抱えている物が封印の欠片だという事を知っている。

というかこの子は、そんな物を抱えてこんな所で何をしているのだろう。

そんな疑問と共に、こめっこの視線の先を辿《たど》っていくと……。

「……やりましたねゆんゆん。毛玉も無事な様です」

「どうしてそんなに落ち着いてるの!? 凄い状況《じょうきょう》になってるよ!?」

パズルを抱きかかえるこめっこは、クロを抱きかかえているモンスターと、無言のまま対峙《たいじ》していた。

「ちょ、ど、ど、ど、どうしようっ! ていうか、里の人達はどこに行ったの!?」

「見た感じ、お墓から新手のモンスターが出てくる気配はありません。モンスターの発生が打ち止めになったのを確認《かくにん》後、駆除《くじょ》のために里中に散って行ったのでしょう」

先ほどから里の夜空に向かって、あちこちから色とりどりの魔法が撃《う》ち上げられている。

こんな状況でなかったなら、家の窓からこめっこやゆんゆんと共に、花火代わりに観賞して楽しんでいただろうに。

「まあ落ち着きなさい。見ての通り相手は一匹《ぴき》です。しかもこめっこに気を取られている。この状況ならば、油断しなければいけるでしょう。先ほども一匹相手なら仕留められましたしね」

「な、なるほど。ちゃんと考えてるのね」

冷静な私を見て、ゆんゆんも幾分《いくぶん》落ち着きを取り戻《もど》した様だ。

と、こめっこがパズルを地に置き、両手をバッと上げてモンスターへにじり寄る。

「……こめっこちゃんは、一体何をしているのかしら」

「威嚇《いかく》しているのではないでしょうか。どうやら、クロを奪おうとしているみたいですね」

ジリジリと近づいてくるこめっこに、モンスターが後ずさった。

モンスターに抱きかかえられたクロまでもがなぜか小さく震《ふる》えている。

「なんだか押してるみたいですし、このまま続きを見たい気もしますが……。行きますよゆんゆん。囮《おとり》はお願いします！」

「わ、分かっ……。ねえ待って！　どうして私が囮役なの⁉」

「ヘタレのゆんゆんは、モンスターにとどめを刺《さ》せないでしょう？　なので、その短剣《たんけん》を私に……。今度は投げたりしませんから、早く寄越《よこ》してください！」

「い、嫌《いや》よ！　今度こそはちゃんとやるから、めぐみんが囮に……！　って、ああっ⁉」

短剣を取り上げようと揉《も》み合っていると、ゆんゆんが空を見上げて声を上げた。

そちらを見ると、新たに五匹《ひき》のモンスターがこめっこの傍に降りて来ている。

「だ、だだだ、大丈夫《だいじようぶ》だよね⁉　めぐみんなら、何か考えがあるわよね⁉」

「もちろんです。こういったピンチの時には、都合よく隠された力が目覚めたり何者かが救援《きゆうえん》に駆けつけてくれたりするものです。なので私達は、女の子らしく悲鳴の一つでも上げて震えていればですね……」

「めぐみん、何言ってるの⁉　ていうかどこを見てるの⁉　目が虚《うつ》ろになってるわよ！　ねえ、意外と逆境に弱いの⁉」

現実逃避《とうひ》を始めた私をよそに、モンスターに囲まれたこめっこが、威嚇するかの様に奇《き》声《せい》を上げた。


「きしゃー！」


「――ねえめぐみん、こめっこちゃんは色々と大丈夫なの⁉　あの子、あの数を相手に戦おうとしてるんだけど！　ていうか、ちっとも怯《おび》えてないしむしろモンスターの方が怯《ひる》んでるんだけど！」

我が妹は、本当に大物なのかもしれない。

こめっこを天敵としているクロはともかく、なぜモンスター達も怯んでいるのだろう。

まるでクロの恐怖《きょうふ》が伝染《でんせん》しているかの様だ。

「と、こうしてはいられません！　………この手だけは使いたくなかったのですが……」

言いながら、私は胸元《むなもと》から、首に下げた切り札を取り出した。

それを見たゆんゆんが。

「冒険者《ぼうけん》カード？　……あっ⁉　まさかめぐみん……！」

――そのまさかだ。背に腹は替《か》えられない。

妹の命と爆裂《ばくれつ》魔法、どっちが大事かと言われれば、それはもちろん……！

「そこまでです！」

モンスター達とこめっこが、私の声に振《ふ》り返る。

冒険者カードを片手に握《にぎ》り、私は茂みから飛び出した。

「**我が名はめぐみん。紅魔族随一《こうまぞくずいいち》の天才にして、上級魔法を操《あやつ》る者！**　さあ、我が妹から離《はな》れなさい！」

「あっ、姉ちゃん！　わたしのご飯がアイツにとられた！」

「こめっこちゃん⁉　ご飯って何⁉　クロちゃんの事⁉」

せっかくの決めシーンなのにこの二人は！

短剣を手に、私に続いて飛び出して来たゆんゆんが隣《となり》に立つ。

「……ねえめぐみん、本当に上級魔法を覚えちゃったの？　あれだけ爆裂魔法が好きだとか言ってたのに？」

「……私ぐらいの天才になれば、ガンガンモンスターを狩《か》って、ポイントぐらいまたすぐに貯《た》められます。たとえどんなに時間が掛《か》かっても。それが何十年掛かっても、絶対に爆裂魔法を覚えてみせますから」

……と、そうは言ったものの、なかなか踏《ふ》ん切りがつかない。

モンスター達と対峙している真っ最中だというのに。

言っている間にも、モンスター達は矛先《ほこさき》をこちらに変え、私達を包囲しようと距離《きょり》を詰《つ》める。

モンスターの一匹が翼《つばさ》をはためかせて舞《ま》い上がり、空から襲撃《しゅうげき》を掛けようとしていた。

――冒険者カードを握りしめる手が震える。

子供の頃からの夢なのだ、本当は、簡単に割り切れる訳もない。

でも、他《ほか》に妹を助ける方法なんてある訳ない。

……大丈夫。また、頑張《がんば》れる。

自分にそう言い聞かせ、冒険者カードを……！

「声も体も震えてるわよ。踏ん切りがつかないんでしょ？」

ゆんゆんが、短剣を腰《こし》に戻して言ってきた。

その手には、私と同じく冒険者カードを握りながら。

「一体何を」

するつもりなのか——

そう尋《たず》ねようとした私の言葉は……、

「『ライトニング』——————ッ!!」

ゆんゆんの唱えた魔法の声に遮《さえぎ》られた。

3

私は、所々に点在する街灯の灯《あか》りを頼《たよ》りに、こめっこの手を引きながら走っていた。

「姉ちゃん、ゆんゆん凄《すご》かったね！　雷《かみなり》が、ドーンって！」

興奮のためか、私の手を強く握りしめたまま、こめっこが言ってきた。

「そうですね、凄かったですね。というか、この私がゆんゆんに先を越《こ》されてしまいました！　いつもオドオドしているだけの子かと思っていたのに！」

こめっこへ悔《くや》しげに返しながら、里の大人を探して駆ける。

——ゆんゆんが中級魔法を覚えた。

魔法を覚えた以上、学校は卒業だ。

なので、これからはもう、未熟な紅魔族に優遇《ゆうぐう》して渡《わた》される希少なスキルアップポーションも貰《もら》えない。

ゆんゆんは今後、上級魔法を覚えようと思うのなら、モンスターとの戦闘《せんとう》を経てレベルを上げていくしか方法がない。

中級魔法の習得に、確かスキルポイントを10ポイント消費したはず。

その分を取り戻すには、ポイント分のレベル上げが必要になる。

レベルというものは、高レベル者になればなるほど上がり難《にく》くなる。

まだレベルの低いゆんゆんは、レベルアップも速いだろう。

しかし、10以上のレベルを上げるとなると、どんなに速くても一年は掛かる。

私のライバルは、今後一年は紅魔族として未熟者扱《あつか》いをされるのだ。

族長の娘《むすめ》として努力を続け、ずっと優秀《ゆうしゅう》な成績を収めてきたのにも拘《かか》わらず。

「姉ちゃん、泣いてる？」

「泣いてませんよ！　悔しさの余り、我が魔力《まりょく》が目から溢《あふ》れ出しているだけです！」

電撃《でんげき》の魔法でクロを抱《だ》いていたモンスターの頭を消し飛ばしながら、ゆんゆんは言った。

クロは自分が回収して守るから、私はこめっこを連れ、里の大人の所に行けと。

私が魔法《まほう》を覚える事を躊躇《ためら》っている間に、ゆんゆんは魔法使《まほうつか》い見習いではなくなってしまった。

そして、生き物を殺す事にあれだけ抵抗《ていこう》があったあの子は、アッサリと魔法を撃った。

普段《ふだん》はヘタレていたクセに、誰《だれ》かを守る場面では腹を括《くく》れるゆんゆん。

そんな、ライバルの姿が眩《まぶ》しくて――

「……？　姉ちゃん、どうした？　走るのつかれた？」

足を止めた私を、こめっこが不思議そうに見上げてきた。

今頃《いまごろ》は、一人でモンスターを相手取って戦っているだろう自称《じしょう》ライバル。

私にまともに勝った事もなかった自称ライバル。

変わり者で友達もおらず、何かと私に絡《から》んできた自称ライバル。

――ここで自分の夢のために逃《に》げたなら。今後、私のライバルを自称してきたあの子と、堂々と競《きそ》い合う資格はなくなる。

「こめっこ。お姉ちゃんの事は好きですか？」

「好き！」

笑顔《えがお》で即答《そくとう》してくれる我が妹。

「……最強の魔法が使えなくてもですか？　最強のお姉ちゃんでなくてもですか？」

「わたしが代わりにさいきょうになるから大丈夫！」

やっぱり笑顔で即答してくれる妹。

この年で最強を目指すとは、やはり大物。

「……こめっこ。私はこれからゆんゆんを助けに行きます。なので、あなたは……」

言いながら、空を見渡《みわた》し、一番近くで戦闘を行っているだろう場所を探す。

と、ここからそう遠くない場所で、空に向けて閃光《せんこう》が迸《ほとばし》った。

私はその場に屈《かが》み込み、こめっこと目線を合わせてそちらを指さす。

「あなたは、今、光が上がったあそこまで逃げなさい。そこには里の大人がいるはずです。それに、空を舞うモンスターは、何かを探している様であまりこちらに敵意がありません。それに、あんな騒《さわ》ぎの中、無事に墓まで来られたあなたなら大丈夫です。目立たない様に、できるだけ街灯の下などは避《さ》け、隠《かく》れながら——」

「やだ！　ついてく！」

　力強く即答する妹。

「……いいですか、私はこれから戦いに行くのです。いくら強くて格好良い姉でも、もしかしたら負けてしまうかもしれません。なので——」

　説得を続ける私の前で、我が妹は胸の前でグッと拳《こぶし》を握って鼻息荒《あら》く。

「わたしもたたかう！　とられたご飯をとりかえす！」

　そんな、将来が不安になる様な頼《たの》もしい事を言ってきた。


　——来た道を引き返しながら、私は妹に繰《く》り返していた。

「いいですか！　私の傍《そば》から離れてはいけませんよ！」

「分かった！」

「クロを捕《つか》まえているモンスターに、突《つ》っかかって行ってはいけませんよ！　ちゃんと私が、クロを取り返してあげますから！　分かりましたか⁉」

「分かった！　なるべくがんばる！」

「なるべくではなく、絶対に突っかかって行ってはいけません！」

「分かった！」

大丈夫《だいじょうぶ》だろうか。正直、酷《ひど》く不安なのだが……。

しかし、完全に納得《なっとく》していない今のまま、一人で送り出す方が、この子の場合は危険な気がする。

……もう、覚悟《かくご》は決めた。

爆裂魔法は諦《あきら》めない。たとえ何年、何十年と掛かっても、絶対覚える。

今回は、ちょっと回り道をするだけだ。

そう、ほんのちょっとだけ――

4

「『ブレード・オブ・ウインド』――!」

ゆんゆんが叫《さけ》ぶと同時、シュッと振った手刀が空中に風を起こした。

一陣《いちじん》の小さな風はそのまま風の刃《やいば》となり、空にいた一匹《ぴき》のモンスターを切り裂《さ》いた。

普通《ふつう》は、ただの中級魔法でここまで致命的《ちめいてき》な威力《いりょく》は発揮できないものなのだが。

きっと、ゆんゆんの生まれ持った魔力が強いせいだろう。流石《さすが》は私に次ぐ実力者なだけはある。

現場に戻《もど》った私とこめっこは、そんなゆんゆんの奮闘《ふんとう》を遠巻きに眺《なが》めていた。

「姉ちゃん、いかないの？」

「まあ待ちなさいこめっこ。賢《かしこ》い姉は気がついたのです。何も、上級魔法を覚える必要はないと。要はこの場さえ切り抜《ぬ》けられればよいのです」

言いながら、私は戦況《せんきょう》を見守った。

……別にヘタレた訳ではない。

習得に大量のポイントが必要な上級魔法を覚えなくても、私もゆんゆんの様に、モンスター達に中級魔法で対抗《たいこう》できるのなら、それに越した事はないのだ。

今のところゆんゆんが押している。

このモンスターは死体を残さないため、ゆんゆんが倒《たお》した数は定《さだ》かではないが、私が逃げた時のモンスターの数は、確か六匹《ぴき》。

それが今では、最後の一匹となっていた。

ゆんゆんは足下《あしもと》にクロを従え、それを守る様に立ち塞《ふさ》がっている。

「……しかし、これはマズいですね。ゆんゆんが一人で全部倒してしまいそうです」

「？　ゆんゆんがたおしちゃだめなの？」

「ダメです。これでは、重大な決意をして引き返してきた意味が……」

と、その時。

私の祈《いの》りが届いたのか、新たに七匹《ひき》のモンスターが夜の闇《やみ》に紛《まぎ》れて舞い降りて来た。

よし、ここで颯爽《さっそう》と救援《きゅうえん》に飛び出し、ゆんゆんに先ほどの借りを返す！

「我が名は」

「我が名はこめっこ！　家の留守を預かる者にして紅魔族随一《こうまぞくずいいち》の魔性《ましょう》の妹！」

私の言葉を遮って、こめっこが先に飛び出し名乗りを上げた。

「こめっこ！　あな……、あなたという子は、姉の最大の見せ場をかっさらってどうするのですか！」

「あやまらない」

「こ、こめっこ！」

「ちょっとー！　二人共、なんでこんな所にいるのよ!?　逃げたんじゃなかったの!?」

次々と舞《ま》い降りて来るモンスターから目は離《はな》さずに、ゆんゆんがこちらに叫んできた。

そんな、ゆんゆんに。

「この私が、自称ライバルに借りを作ったままで逃げられる訳がないじゃないですか」

「いい加減、その自称ライバルって止《や》めて！　それに、私はもう魔法を覚えた本物の魔法使いよ!?　なんちゃって魔法使いのめぐみんとは違《ちが》うんだから！」

「なんちゃって魔法使い！　い、言ってくれますね、中級魔法使いのクセに！」

「中級魔法使いって、紅魔族の出来損《できそこ》ないみたいな呼び名は止めてよ！」

そんな事を言い争っている間に、先ほどから地上にいた一匹が、突如《とつじょ》ゆんゆん目がけて飛び掛《か》かってくる。

私と言い合いながらも視線は逸《そ》らさずにいたゆんゆんは、足下のクロを片手で抱くと、素早《すばや》く転がり身を躱《かわ》す。

そして、空いた方の手で短剣《たんけん》を抜くと、それを相手に投げつけた。

狙《ねら》ったのか偶然《ぐうぜん》なのか、ゆんゆんの放った短剣がモンスターの喉《のど》に突き刺《さ》さる。

「ヒュッ――――！」

笛の鳴る様な音を漏《も》らし、短剣を食《く》らったモンスターは、喉を押さえたまま地に崩《くず》れ、そのまま黒い煙《けむり》に変わる。

それを見た他《ほか》のモンスターが、次々とゆんゆん目がけて滑空《かっくう》してきた！

「ピンチの様ですね中級魔法使いゆんゆん！　今から、上級魔法使いとなるこの私が、そんな雑魚《ざこ》など一掃《いっそう》してくれます！」

「ええっ!?　めぐみん、いきなり何言ってんの!?　私が何のために中級魔法を覚えたと思って……！」

素早く身を起こしながら、ゆんゆんが片手を空に向けたまま言ってくる。

「今日より、自称ではなく、ちゃんと私のライバルとして認めてあげます！　そして私は、ライバルに借りを作るなんてまっぴらなのです！　なんですか？　先に卒業でもして、差をつけるつもりでしたか？　そういえば、一緒《いっしょ》に卒業したがっていましたね！　さあ、これで一緒に……」

「『ファイアーボール』ーッッッ!!」

「えっ!?　ちょっ……!!」

ゆんゆんは、私の言葉を最後まで聞かず、敵に向けて火球の魔法を撃《う》ち上げた。

その魔法は、きっとありったけの魔力《まりょく》を込めて放ったのだろう。

モンスター達の真っ直中《ただなか》に炸裂《さくれつ》した火球は、中級魔法とは思えない規模の爆発《ばくはつ》と共に、辺りに轟音《ごうおん》を響《ひび》かせた！

空から舞い降りて来ていた七匹のモンスターは、黒い煙と共に消えていく。

それと同時に、敵の全滅《ぜんめつ》を確認《かくにん》したゆんゆんが、魔力を使い果たしたせいか、クタッと地面に膝《ひざ》をついた。

慌《あわ》てて駆《か》け寄る私に向けて、

「これで……。めぐみんが上級魔法を覚える必要はなくなったわね……！」

勝ち誇《ほこ》った表情で、そんな事を言ってきた。

「……なんて子なのでしょうか。というかゆんゆんは私に、あれほど爆裂魔法《ばくれつまほう》を覚えるのは止めろと言っていたのに、一体どういう心変わりなのです？」

言いながら、私はへたり込んでいるゆんゆんに肩《かた》を貸す。

「べべ、別に心変わりした訳じゃあ……。今でも爆裂魔法を覚える事には反対だけど、こんな形で夢を諦めるのはどうかと思うし……。そ、それに！　せっかく中級魔法を覚えて貸しを作ったのに、アッサリ返されちゃ堪《たま》らないから！　めぐみんに貸しを作る機会なんてなかったし！」

「その貸しとやらは、魔力を使い果たしてマトモに動けなくなったゆんゆんを、家まで連れて帰る事でチャラになりますがね」

「えっ!?」

ゆんゆんを無理やり立たせ家に運ぼうとする私の前を、こめっこがたたっと走ってクロを保護した。

こめっこが、紅《あか》い瞳《ひとみ》をキラキラさせて抱《だ》いたクロをジッと見ているのは、無事で良かったと喜んでいるのだと思いたい。

「ねえめぐみん！　中級魔法まで覚えて助けたのに、私を家まで連れ帰る事でその貸しがチャラだとか、あんまりだと思う！」

「騒がしいですね。魔力を使い果たしてロクに動けない以上、ここに放置されたら新手のモンスターに食われるかもしれないのですよ？　つまり私は、ゆんゆんの命の恩人と言っても過言ではないと思われます。……ほら、私を助けてくれた事と釣《つ》り合うでしょう？」

「そんなの屁理屈《へりくつ》じゃない！　私は命懸《いのちが》けでモンスター相手に大立ち回りしたのに、めぐみんは………」

私にしがみつく様にしていたゆんゆんが、突然罵声《とつぜんばせい》を中断した。

その視線の先を追った私も、ゆんゆんと共に無言になる。

「姉ちゃん、羽の生えてるのがたくさん来た！　ねえ、食べられる？　あれ、食べられる？」

私達は暗い夜空を埋《う》め尽《つ》くさんばかりのモンスターの群れを見上げ、嬉々《きき》としたこめっこの声を聞いていた。

5

なんかもう、今日は走ってばかりな気がする。

「め、めぐみん、痛い！　靴《くつ》の先が削《けず》れてなくなっちゃう！」

私の背からゆんゆんが、泣きそうな声で文句を言ってくる。

「ワガママですよ！　というか、身長差があるのですからしょうがないではありませんか！　そんなに足が痛いなら、もっと縮めばよいのです！」

「それじゃあ、私がゆんゆんの足持ってあげる！」

私はこめっこを引き連れながら、魔力を使い果たして身動き取れないゆんゆんを背負い、暗い道を必死に逃《に》げていた。

「痛たたた！　こめっこちゃんちょっと待って！　この体勢で両足持たれると、エビ反りみたいな体勢に！」

「この非常時に、二人して何をやっているのですか！　背中で暴れないでください！　置いて行かれたいのですか！」

文句を言っている間にも、空を覆《おお》うモンスターの群れが、次々と私達の真上を滑空して行く。

……なぜこんなにモンスターが集まって来たのだろう？

そんな疑問に答えるかの様に、私達を囲む様にして、空に向かって次々と魔法が撃ち上げられた。

魔法を撃ち上げている里の人達との距離《きより》は、いつの間にか縮まってきていた。

つまり、このモンスター達は集まって来たのではなく、私達を中心として追い立てられてきたのだろう。

「どうやらこの地を中心にして、モンスター達を追い込んでいるみたいですね」

「邪神《じやしん》の墓に下僕達を集めてるって事!? どうしてそんな……。湧《わ》き出したモンスターの数が多いから、ここに追い込んでもう一度封印《ふういん》するとか、そんなところかしら？」

……なるほど。ゆんゆんの言う通り、一まとめにしてもう一度封印を使うか、もしくはまとまった所に超《ちよう》火力の魔法を放ち、モンスターを一掃する気だろう。

となると、一刻も早くここから逃《のが》れた方がいい。

いいのだが……。

「……ゆんゆん。有名なあのセリフを言うなら今がチャンスです。私を置いて先に行けと言ってくれてもいいのですよ？」

「お、置いてかないで！　さっきめぐみんが言ったんだからね！　私を無事に家まで送る事で、この貸し借りはチャラだって！」

私はなぜ、あんな余計な事を言ってしまったのか……！

モンスター達の気持ちの悪い鳴き声が空にこだまする中、ゆんゆんを引きずっていく。

ハッキリ言ってこれだけの数を相手にしては、私が上級魔法を覚えたところで流石《さすが》に結果は見えている。

見つからない様にと祈りながら、街灯の下を避《さ》け、闇に紛れ進んでいく。

と、そんな中。

「みゃー」

こめっこの手の中で、クロが一声小さく鳴き。

――それはとても小さな声だったのにも拘《かか》わらず。空を舞うモンスター達が、一斉《いっせい》にこちらを向いた。

モンスター達のその行動に、ピンと来た！

「こめっこ！　その毛玉を空高く放《ほう》り投げてやるのです！」

「何言ってるの!?　めぐみんっ、いきなり何を言っているの!?」

「やっととりかえしたご飯なのに、これをあげるだなんてとんでもない！」

「こめっこちゃんまで何言ってるの!?」

……なんて事だろう。

私とした事が、今更《いまさら》こんな事に気がつくなんて！

あのモンスター達が我が家を襲撃《しゅうげき》したのは、恐《おそ》らくクロを狙ってやって来たのだ。

というか、学校の野外授業の時もそうだった。

あのモンスターは、他にもたくさんの生徒がいたにも拘わらず、クロを連れていた私を追って来た。

ここ最近ちょくちょく出掛《でか》けていたこめっこは、邪神を封印する欠片《かけら》で遊んでいた。

そしてこめっこは、ある日突然《とつぜん》この毛玉を連れ帰って来た。

それと時を同じくして邪神の下僕が目撃《もくげき》される様になり。

クロの鳴き声一つに、邪神の下僕達が一斉に反応する。

これらを踏《ふ》まえて導き出される答えは――――！

「ああっ、頭が痛い！　私の脳が、これ以上は考えるなと自己防衛を始めました……！」

「ねえめぐみん、さっきから何を言ってるの⁉　こんな状況《じょうきょう》で現実逃避《とうひ》は止《や》めてよね⁉」

ゆんゆんの言葉で我に返ると、改めて現状を思い知る。

空に舞《ま》うモンスター達は、全員こちらに気づいた様だ。

もうクロを捧《ささ》げて逃げたいところだが……。

「姉ちゃん、とりにくが大漁だね！　たくさんつかまえてかえろう！」

小さく震《ふる》えるクロを抱き、笑顔《えがお》でそんな事を言ってくる、大物臭《しゅうただよ》漂う我が妹。

そんな妹のキラキラした視線を受けて、私は背負っていたゆんゆんを下ろし、空を見上げて冒険者《ぼうけんしゃ》カードを手に取った。

「め、めぐみん？」

地に下ろされたゆんゆんが、不安そうに小さく呟《つぶや》く。

そう遠くない場所からは、空に向けて次々と魔法が放たれている。

上級魔法を覚え、私が時間を稼《かせ》ぐのだ。

この距離で空に魔法を放てば、きっとすぐに大人達が駆けつけてくれるだろう。

「姉ちゃんどうした？　いつもより目が紅いよ？」

それは紅くもなるだろう。

こんなにも気持ちが昂《たか》ぶっているのだから。

「ゆんゆんは、こめっこと一緒《いっしょ》にいてくださいね」

空を見上げ、自らの内に秘《ひ》めた魔力を練り上げていく。

一度も魔法を使った事はなくても、体を巡《めぐ》る魔力の扱《あつか》いは紅魔族《こうまぞく》の本能で分かっている。

空を舞う邪神の下僕達は、クロを人質《ひとじち》にでも取られていると感じているのか、滞空《たいくう》したまま降りて来ない。

だが、いつまでも見守ってくれている気はない様で、膨《ふく》れ上がったその群れは、たった一つのキッカケがあれば一斉に襲《おそ》ってきそうな気配を見せていた。

――たとえば、私が魔法でも放てば、それがキッカケになるだろう。

大丈夫《だいじょうぶ》。覚悟《かくご》は決めた。

「め、めぐみん、なんだかこっちの様子を見てるみたいだし、このまま大人達が来るまで待った方が……！」

後悔《こうかい》もしない。頑張《がんば》れる。

「姉ちゃん。目が……」

クロを抱いたこめっこが、不安そうな表情を浮《う》かべ私を見上げた。

大丈夫、とばかりに頭を撫《な》でる。

そして、意を決して上級魔法を覚えようと冒険者カードを手に取ると。


――私は、カードを見て一瞬《いっしゅん》固まり。

そして、思わず笑い出していた。


「ど、どうしたの!?　めぐみんってば、とうとう本気でおかしくなっちゃったの!?」

「姉ちゃんがこわれた！」

「し、失礼な！　二人して何を言うのですか！」

二人に言い返しながらも、私は自分のカードから目が離《はな》せなかった。

――スキルポイントが貯《た》まっていた。

爆裂魔法《ばくれつまほう》を習得するのに必要なポイントが。

6

バカな事だと知りながらも、ずっと求め続けたこの魔法。

「姉ちゃんが、ピリピリしてる！　パリパリいってる！」

「めめめ、めぐみん!?　何これ、何なの!?　一体どんな上級魔法を使うつもり!?　ていうか、里の人達が魔法を使う時でも、こんな事にはならなかったんだけど！　ねえ、これ何の魔法なの!?」

遠い昔に丸暗記して以来、毎日欠かさず唱えてきたこの詠唱《えいしょう》。

練り上げられる魔力《まりょく》、そして、紡《つむ》ぎ出される魔法の言葉に応じる様に、辺りの空気に変化が見られた。

私を取り巻く様に静電気が走り、周辺の景色がおぼろげに歪《ゆが》みだす。

なにせ魔法を行使するのが初めてな上に、今から使用するものは、最上級の難易度を誇《ほこ》る爆裂魔法だ。

全魔力を上手《うま》く魔法に練り込めず、辺りに微量《びりょう》の魔力が漏《も》れ出し、おかしな干渉《かんしょう》をしているのだろう。

——私は爆裂魔法の詠唱を唱えながら、色々と思い出していた。

爆裂魔法習得に必要な残りポイントは、後1ポイントだった事。

そして、ゆんゆんと公園で喧嘩《けんか》した後、ひょっこり現れたカモネギを絞《し》めた事を。

あの時にレベルが上がり、スキルポイントが貯まったのだろう。

只《ただ》ならぬ雰囲気《ふんいき》を感じてか、邪神の下僕達がギャーギャーと奇怪《きかい》な鳴き声を上げて騒《さわ》ぎ立てる。

魔法を発動させる祈《いの》りの言葉を一つ一つ紡ぐ度《たび》、魔力が失われていくのが分かる。

魔力量には自信があったはずなのにと、一抹《いちまつ》の不安にかられてジンワリと汗《あせ》が滲《にじ》んだ。

爆裂魔法は最大の魔力消費を誇るため、生まれつきの魔力が足りず、習得しても使えない者が多い。

教科書に書かれていた文章が頭をよぎるが、紅魔族である自分が使えないはずがないと頭《かぶり》を振《ふ》って詠唱を続ける。

やがて魔法の詠唱が終わると――

私の手の平の中には、小さな光が輝《かがや》いていた。

……できた。

この小さな光を生み出すために、子供の頃《ころ》からひたすらに努力を重ね、とうとう習得した私の魔法。

私にはまだ、魔法の威力《いりょく》を増幅《ぞうふく》させるための杖《つえ》がない。

このまま爆裂魔法を放っても、その威力は本来の力の半分程度に落ちてしまう事だろう。

だが、それでも。

「ゆんゆん。こめっこ。頭を低くして伏《ふ》せていなさい」

空にひしめくモンスターの群れを、一撃《いちげき》で仕留める自信があった。

ゆんゆんが、力の入らない体を引きずりながらもこめっこの傍《そば》に近づくと、妹を抱《だ》きしめ地に伏せる。

ゆんゆんは、私が何をしようとしているのかが分かった様だ。

手の平の間に輝く光は燃える様に熱く、それでいて膨大《ぼうだい》な力をギュッと濃縮《のうしゅく》した様な、心地《ここち》の良い圧迫感《あっぱくかん》がある。

大丈夫。私なら、ちゃんとコレを制御《せいぎょ》できる。

心の中で自分に言い聞かせ、空を見上げた。

ずっとずっと待ち望んだ爆裂魔法。

憧《あこが》れだった爆裂魔法。

人生を賭《か》けてもいいとまで思わせた爆裂魔法。

まともに食《く》らわせられれば、ドラゴンや悪魔《あくま》、神や魔王《まおう》でさえも滅《ほろ》ぼしかねない、人類の持てる切り札にして最終手段。

子供の頃、目に焼き付いたあの光景を、今度は自らの手で——

「我が名はめぐみん！　紅魔族一の天才にして、爆裂魔法を操《あやつ》りし者！　ひたすらに！　ただひたすらに追い求め続け、やっと手にしたこの魔法！　私は、今日という日を忘れません！　……食らうがいいっ‼」

カッと目を見開くと、手の中の光を空に突《つ》き出し私は唱えた——！

「『**エクスプロージョン**』————ッッッッ‼」

私の手から放たれた閃光《せんこう》が、モンスターの群れの真ん中に突き刺《さ》さる。

光は、一匹《ぴき》のモンスターの体内に吸い込まれるように掻《か》き消えると。

一拍置《いっぱく》いて、輝ける光と共に、夜空に大輪の華《はな》を咲《さ》かせた——！

「ああああああ！　きゃあああああああああーっ!!」

「──ッッ!!」

「わはははは！　これです、これが見たかったのです！　なんという爆裂！　なんという破壊力《はかい》！　なんと心地良い爽快感《そうかいかん》！」

ゆんゆんが悲鳴を上げながらこめっこを抱きしめる中、吹《ふ》き荒《あ》れる爆風《ばくふう》と轟音《ごうおん》も気にせずに、私は最高の気分で笑い声を上げていた。

爆発《ばくはつ》の衝撃波《しょうげきは》で、その地点の真下にあった木々が根こそぎ引き倒《たお》され、私もなす術《すべ》なく地面に転がされる。

膨大な魔力を伴《ともな》った突風《とっぷう》が吹き荒れ、何者も抗《あらが》えない圧倒的《あっとうてき》な力と理不尽《りふじん》な暴力に、空を覆《おお》っていたモンスター達が消し飛ばされた。

地面に転がされ仰向《あおむ》けの体勢のまま、私は空を見上げていた。

魔力を使い果たした気怠《けだる》い体で、煙《けむり》が晴れるまでそこから目を離さない。

やがて視界が晴れた頃、そこには、あれだけひしめいていたモンスターの姿は影《かげ》も形もなくなっていた。

「……ななな、何これ……。これが爆裂魔法……？　凄《すご》いとか、強いとか、そんな言葉は全《すべ》て通り越《こ》しちゃってるわね……。魔力を制御し、威力を増幅させる杖もなしでこの威力だとか。最強魔法って呼ばれる訳ね。……ちょっとだけ。ちょっとだけ、めぐみんが爆裂魔法に取り憑《つ》かれた気持ちが分かったかも」

ゆんゆんが、爆裂魔法のあまりの破壊力に、呆《あき》れた様な声を上げる中。

私は返事をする気にもなれず、寝転《ねころ》がっていた。

たった一発の魔法なのに、全魔力だけでは足りなかったらしく、体力までゴッソリ持っていかれた。

この魔法を使った後は無防備になる。

それはつまり、今後冒険《ぼうけん》者としてやっていくつもりなら、魔力と体力を使い果たした自分を守ってくれる仲間が必要だという事。

天才と呼ばれてきた私は、ずっと一人でやっていけると思っていたのだが、ゆんゆんに助けられた事といい、これからの事といい、私にはどうやら仲間が必要らしい。

ずっと一人でも大丈夫《だいじょうぶ》だと思っていた。

でも、一人では出来ない事もある。

今日あった事を忘れずに。私は、絶対に仲間を大事にしよう。

遠くから聞こえてくる、慌《あわ》てた様子の里の大人達の声を聞きながら。まだ見ぬ、未来の仲間達の姿を思い浮《う》かべ……。

――私は、気怠さに身を任せて目を閉じた。

「あーっ!!　姉ちゃんが、とりにく全部けしとばしたあああ！」

7

――あれから数日が経過した。

爆裂魔法を見た大人達が私達の下《もと》に駆《か》けつけた後、大変な騒ぎになったらしい。

なにせ、現場には族長の娘《むすめ》と私が倒れ、そんな私達を守るかの様に、クロを抱《だ》いたこめっこが佇《たたず》んでいたのだ。

眠《ねむ》りこける私は家に運び込まれ、翌朝、ゆんゆんと共に事情を聞かれ、担任にこってりと絞《しぼ》られた。

大人達には、家に帰ると我が家の玄関《げんかん》が破壊され、こめっこの行方《ゆくえ》が分からなくなっていたので、ゆんゆんと共に慌てて捜索《そうさく》に飛び出したとだけ伝えた。

そして現在。里では、新たな問題が起こっていた。

「……ねえめぐみん。どうするの？」

「…………」

無表情のゆんゆんの問い掛《か》けに、私は無言を答えとする。

——魔法の習得が完了《かんりょう》した私達は、週末に二人の卒業式をやるから、その時だけ学校に来いと担任に言い渡《わた》され。

ここ数日、特にやる事もなく、家の傍の公園で時間を持て余していた。

「……………ねえめぐみん」

再びの呼び掛けに、私はプイとそっぽを向く。

と、ゆんゆんがそっぽを向いた方に律儀《りちぎ》に回り込み、これ以上は言い逃《のが》れはさせないとばかりに、超《ちょう》至近距離《きょり》で。

「……………ねえめぐみん。……どうするのよおおおおおおーっ！」

ゆんゆんの言葉に目を閉じて、耳を押さえながらしゃがみ込んだ。

「聞こえないフリしてる場合じゃないでしょう!?　どうするのよ！　ぶっころりーさんが言っていた、名前も忘れ去られた傀儡《かいらい》と復讐《ふくしゅう》の女神《めがみ》、だっけ!?　それの封印《ふういん》が解かれたんだってさ！　封印がされていた場所は、めぐみんが魔法《まほう》を撃《う》った場所で！　封印が解かれた女神は行方知れず！　どうするの!?　ねえ、どうするのよおお！」

頑《かたく》なに聞こえないフリをする私の肩《かた》を、ゆんゆんがガクガクと揺《ゆ》さぶってくる。

このままずっと現実逃避《とうひ》していたいところだが、訂正《ていせい》しなくてはいけない事がある。

「ゆんゆん、ちょっと待ってください。その言い方だと、まるで私が封印を解いたとの誤解が生まれそうではないですか」

「誤解じゃないでしょ!? ぶっころりーさんが、この地には色んなヤバイ物が眠ってるって言ってたじゃない！ その真上で爆裂《ばくれつ》魔法なんて大魔法を使うから、強烈《きょうれつ》な魔力《まりょく》の余波で封印が解けちゃったのよ！」

食《く》って掛かってくるゆんゆんに。

「でも里の大人達は、どうやら違《ちが》う解釈《かいしゃく》をした様ですよ？ 封印を解かれた邪神《じゃしん》が名も知れぬ女神を呼び起こし、戦いを挑《いど》んだ。そして、戦いには女神側が勝利し、邪神の下僕をあの爆発で一掃《いっそう》した後、どこへともなく去って行ったのだ、と……」

「全然違うじゃないの！ 真相は、めぐみんの魔法のせいなのに！」

里の人達は、まさかこめっこが邪神の封印を解いたとは思わず。

そして、私が爆裂魔法なんてものを習得した事も知りはしない。

学校の担任だけが、私達がどの魔法を習得したのかを知っているのみだ。

私が爆裂魔法なんてものを習得したと知られたら。そしてゆんゆんも、中級魔法なんて半端《はんぱ》なものを習得したなんて知られたら、きっと里の大人達に落胆《らくたん》されてしまうだろう。

そこら辺をよく理解しているのか、担任は里の人達に内緒《ないしょ》にしてくれている様だ。

どうしようもない教師だと思っていたが、アレでなかなかに生徒想《おも》いなのかもしれない。

というか、そんな事よりも。

「ゆんゆん。今日もダメなのでしょうか……」

「ダメ！　ダメに決まってるでしょ!?　せっかく騒《さわ》ぎが収まったばかりなのに、また問題を引き起こすつもりなの!?　ていうか、今まではずっと爆裂魔法を使えなかったんだし、我慢《がまん》ぐらいできるでしょう!?　……そ、そんな悲しそうな目をしても、絶対にダメだからね？　こればっかりは、めぐみんのために言ってるんだから！」

ゆんゆんが、若干《じゃっかん》うろたえながらも言ってきた。

爆裂魔法の感動を味わって数日が経《た》った今。

私は、ゆんゆんから爆裂魔法禁止令を出されていた。

せっかく担任が里の皆《みな》に内緒にしてくれているのに、里の近くで魔法を放てば大変な騒ぎになる、と。

まあ、その言い分は良く分かる。

分かるのだが……。

「ゆんゆん。私がどれだけ爆裂魔法を愛しているか、あなたはもう知っていますよね？」

「ま、まあね。めぐみんは、よその人が見たらちょっと引くレベルで爆裂魔法が好きだって事は、もう理解したわよ？」

　そこまで理解してくれているのなら話は早い。

「いいですかゆんゆん。私の爆裂魔法への愛は、一日一食しか食べられない代わりに毎日爆裂魔法を撃つか、爆裂魔法を我慢する代わりに一日三食おやつ付きのどちらかを選べと言われたならば、喜んで一日一食で我慢します。我慢して爆裂魔法を放った後で、ちゃんと残り二食とおやつを食べる。そのぐらいに爆裂魔法が好きなのです」

「へえー……。食い意地張ってるめぐみんに、そこまで言わせるだなんて……。……？　あ、あれっ⁉　ねえ、今のもう一度言ってみて⁉　なんかおかしな事言ってなかった⁉」

　ゆんゆんが慌てて言ってくる中、確かに、今爆裂魔法を試《ため》し撃ちに行くのはマズいという事は分かるので、足下《あしもと》にまとわりついてくる毛玉の頭をうりうりとかいぐると。

「まあ、しばらくは我慢しますよ。いよいよ我慢ができなくなったなら、即刻《そっこく》旅に出て、里の外の世界を爆焔《ばくえん》で覆い尽《つ》くしてやりますから」

「や、止《や》めてよね！　冗談《じょうだん》でもそんな事言うのは止めてよね！」

　話を変える様に私はその場に立ち上がると、

「まあ、今回は怪我《けが》人もなく丸く収まって良かったですね。真相は違ったとしても、里の人が納得《なっとく》しているのならこれでよいのではないでしょうか」

そう言って、足下にいた毛玉を抱き上げた。

ゆんゆんは、私が抱き上げたクロを見て、複雑そうな表情で首を傾《かし》げる。

「……ねえ。クロちゃんってば、結局何なのかな？　どうしてあの時、クロちゃんは狙《ねら》われ続けたんだろう？　ひょっとして、邪神の関係者とか？　そもそも、邪神の封印ってどうして解けちゃったんだろうね。里の人が言う様に、通りすがりの旅の人が、イタズラでもしていったのかな……？」

ゆんゆんは、最後の核心《かくしん》部分にまでは踏《ふ》み込めていないらしい。

まあ、子供の好奇心《こうきしん》で封印が解けてしまうだなどと、思いもよらない事だ。

私だって、過去に自分が同じ事をやらかしていなければ、こめっこを疑いもしなかっただろう。

家で尋《たず》ねてみたところ、やはり封印を解いたのはこめっこだったらしい。

叱《しか》るべきなのかとも思ったが、無邪気《むじゃき》な顔で私に欠片《かけら》を差し出し、『遊ぶ？』と尋ねてきた妹に何も言えなかった。

我が家の玄関が壊《こわ》された程度の被害《ひがい》で済んだ事だし、このまま押し通してしまおう。

——問題は、コイツの扱《あつか》いだ。

「しかしこの子は、ふてぶてしい顔をしていますね。子猫《こねこ》なら、もっと可愛《かわい》げがあってもいいと思うのですが」

邪神の下僕が探し求め、そして大事そうに抱《だ》きかかえられていたクロ。

もしかしたら、その正体は……。

「ねえめぐみん。その子、これからもめぐみんの家で飼うの？　そ、その……。こめっこちゃんの視線が凄く……」

ゆんゆんが、何かを言い掛け途中《とちゅう》で止める。

うん、言いたい事は分かる。

「どうしたものですかね。確かに、我が家に置いておくといつこめっこの餌食《えじき》になるか分からないのですが。しかし、今更誰《いまさらだれ》かにあげるのも、かといって放《ほう》り出すのも……」

目線の高さまで両手で抱《かか》え上げられた状態ながら、暴れる事もなく無抵抗《むていこう》のクロ。

そんなクロを見て、ゆんゆんがぽんと手を打った。

「そうだ！　それならいっそ、本当に使い魔《ま》として契約《けいやく》しちゃえばいいんじゃないかな。大切な使い魔ともなれば、いくらこめっこちゃんでも……」

言ってる内に、どんどん言葉が尻《しり》すぼみになっていくゆんゆん。

何が言いたいのかは分かる。

本能のままに生きるウチの妹に、そんな道理は通用しないだろう。

でも。使い魔かあ……。

「……邪神を使い魔にする魔法使《まほうつか》いというのも、悪くなさそうですね」

「？　めぐみん、今何か言った？」

私の小さな呟《つぶや》きは、ゆんゆんには聞き取れなかった様だ。

「ええ、私の使い魔にするのも悪くなさそうですねと言ったのです」

ゆんゆんに適当に返しながら。

もしかしたら、とんでもない大物かもしれない毛玉に笑い掛けた。

ゆんゆんが安心した様に息を吐《は》く中、ふとある事に気がついた。

「そうです。我が使い魔となるのなら、いつまでも仮名《かめい》のままでは決まりが悪いですね」

「えっ!?　クロちゃんが正式名称《めいしょう》じゃダメなの!?」

「ダメですよ。いつまでも、そんなセンスのない変わった名前のままでは、この子がかわいそうではないですか」

「センスのない変わった名前!?」

深くショックを受けているらしいゆんゆんは放っておき、私は渾身《こんしん》の名前を考える。

と、クロが急に身をよじりだした。

まるで、このままでいいからとでも言いたげに。

「ほらほら、クロちゃんも今の名前が気に入ってるんじゃないかな？　それにほら、この子はまだ子猫だし、コロコロ呼び名が変わったら混乱するんじゃない？」

ゆんゆんが、自分の付けた名前のままがいいと主張をする中、良い名が思い浮《う》かんだ。

「決まりました！」

自信たっぷりな私の言葉に、不安そうな表情のゆんゆんが。

「ね、ねえめぐみん。クロちゃんってメスだからね？　その辺もちゃんと考えた、可愛い名前に……」

と、何かを言い掛けるのを遮《さえぎ》って。

私は、目の前に掲《かか》げた使い魔に宣言した。

「――お前の名前はちょむすけ。そう、ちょむすけです！」


常にマイペースだった、もしかすると大変な存在かもしれない使い魔は。

これ以上にないぐらいビクリと身を震《ふる》わせた。

幕間劇場【終幕】

——上位悪魔と悪魔的少女——

「ようこめっこ」

「ようホースト」

邪神のお墓の前にいると、何かを持ったホーストが飛んできた。

「久しぶりだな。……というか、こりゃなんだ？　墓の周りも随分と荒れてるし、途中、木々が根こそぎぶっ飛ばされた様な場所があったぞ。一体何があったんだよ」

「邪神が復活したんだって。封印を解かれた邪神は、名も知れぬ女神をよびおこし、戦いを挑んだけど負けて滅んじゃったんだってさ」

ホーストが、手にしていた何かをボトリと落とした。

それは、鳥かごに入った大きな鶏とひよこ達。

「う、嘘だろおおおおお！」

「大人の人たちが言ってたよ」

わたしの言葉を聞いたホーストが、ガックリと項垂れた。

それよりも、かごで鳴いてる鳥が気になる。

「ど、どうしてウォルバク様の封印が……。なんてこった、俺が目を離した隙に……。

……あれっ？　でもおかしいな、ウォルバク様の半身が滅んだのなら、俺がこうして現世に留まれる事もないはずなんだが……」

かごの傍に座って中身を覗いていると、ホーストが突然声を上げた。

「そうかっ！　ウォルバク様の半身は、まだ滅んじゃいねえ！　きっとどこかをさまよっているはずだ。それなら早く、保護しねえと……」

と、ホーストがこちらを見て。

「……まあ、何だ。そんな訳で、俺は行かなきゃならん。お前ともお別れだな。……その生贄は、要らなくなったからお前にやるよ」

「じゃあ、親鶏はばんごはんにして、ひよこはちょむすけのごはんにしよう」

「食うのかよ！　待て待て、情操教育によくねえから、やっぱこいつは持って行くぜ。というか、ちょむすけって何だよ」

「こんくらいの、しっこくのまじゅう。見る？」

「見ねえよ。子猫か何かか？　もっとマシな名前付けてやれよ……。まったく、これだから紅魔族ってヤツは……」

そんな事を言いながら、ホーストは背中の羽をはためかせる。

「……どっか行っちゃうの？」

「ああん？　俺の話聞いてなかったのかよ。ウォルバク様を探しに行くんだよ。……何だよ不機嫌そうな顔しやがって。仕方ねえだろ。というか、アレだ。お前は紅魔族だったな」

ホーストの言葉にコクリと頷く。

「お前からは、将来大物の魔法使いになりそうな予感をビンビン感じるぜ。そこで、だ。もし俺様が、ウォルバク様との契約を切られるなりしたら……。そん時、俺様を喚ぶ事ができたなら、お前の使い魔として契約してやってもいいぜ」

「本当!?」

「喚ぶ事ができたらな！　まあ、俺様ぐらいの上位悪魔を喚ぶ事はそうそうできる事じゃねえ、まず無理だろうが……」

首を傾げるわたしに、羽をはためかせて宙に浮いていたホーストが、地上に降りて屈み込み、目線を合わせた。

「無理だろうが……。どうも、お前には悪魔使いの素質を感じるぜ。もしかしたら、この俺を喚ぶ事ができるかもな」

「頑張る！」

まあ、無理だろうがなと言いながら、ホーストがわたしの頭をグリグリと乱暴に撫でた。

「じゃあなこめっこ！　せいぜい大物の魔法使いになれよ！　俺の名はホースト！　邪神ウォルバク様に仕える、上位悪魔のホーストだ！」

「我が名はこめっこ！　家の留守を預かる者にして紅魔族随一の魔性の妹！　やがてホーストを使役する予定の者！」

ズルズルと引き摺っていたマントをはねのけ、ホーストにポーズを取る。

ホーストは、ゲラゲラ笑うと大きく羽をはばたかせ、里の外へと飛んでいった。


いつも文句を言いながらも、しょっちゅうごはんをくれた初めての友人に向けて、その後ろ姿が見えなくなるまでずっと手を振った。

エピローグ

薄暗《うすぐら》い店の中、店主に促《うなが》されるままに椅子《いす》に座る。

ここは里の占《うらな》い師、そけっとの店の中。

全《すべ》てのケリがついたと思ったら、そけっとに呼び出されたのだ。

「……さて。色々大変だったわね、めぐみん」

呼び出された理由も分からずにいる私に、そけっとは机の前で微笑《ほほえ》んだ。

色々大変とは、私が邪神の下僕に追い回された事を言っているのだろうか？

「……妹さんには、ちゃんとしたおもちゃを買い与《あた》えてあげなさいね」

「ッ!?」

ビクッと震える私を見て、そけっとがクスクスと笑っている。

「心配しなくても誰《だれ》にも言わないわよ。占い師は口が堅《かた》いのよ？　あなたを今日ここに呼んだのは、そんな事を言いたかったんじゃないわ」

そう言って、水晶球《すいしょうだま》の上に手をかざすそけっとを見て、私はホッと息を吐《つ》く。

「では、私はどうしてここに呼ばれたのでしょうか？　あっ、ぶっころりーですか？　あの男がまた何かやらかしたのですか？　私があのニートと顔なじみだからと言ったって、私に苦情を言われても困るのですが」

「違《ちが》うわよ、たまに店の前をちょろちょろしてはいるけれど、別に困らされている訳ではないわ」

そけっとが、私に向かって手招きする。もっとこっちに来いという事らしい。

「今日は……あなたを占ってあげようかと思ってね」

そけっとは、そう言って笑い掛《か》けてきた。

「占いですか？　何を占ってくれるのでしょう。私の場合、色恋《いろこい》にはあまり興味はありませんよ？」

「あら、それは残念ね。でもそうじゃないわ。あなたが将来、何を成すかを見てみたくてね。占い師の勘《かん》だけど、きっとあなたは大きな事をやると思うのよ」

「好奇心《こうきしん》ですか。まあ、別に構いませんが。でも、不幸な未来が見えた場合はあまり言わないでおいてくださいね」

「あら、未来は変えられるものよ？　不幸な未来を回避《かいひ》する様に助言するのが私の仕事なんだから」

そけっとは嬉々《きき》として水晶球に手をかざすと、そこに魔力《まりょく》を送り込み始めた。

「……ふむ。まずは、この里を出てアクセルという街へと向かうつもりなのね？　なるほどなるほど。そこであなたは、様々な困難の末、素晴《すば》らしい仲間達と出会うでしょう。その人達はとても優秀《ゆうしゅう》で……。ゆう……しゅう……。……？　そ、その、人格的に素晴らし……。あ、あれっ……？　この少年は……うう……」

「何ですか⁉　気になります、言ってください！　私の仲間が何なのですか⁉　優秀で、真面目《まじめ》で優《やさ》しい仲間達なのでしょう⁉」

私の問いに、そけっとは無言で目を逸《そ》らす。

「不幸な未来を回避する様、助言するのが仕事なんでしょう⁉　言ってください！」

私がそけっとの両肩《りょうかた》を摑《つか》んでユサユサと揺《ゆ》らす中、突然そけっとの表情が変わった。

「……これは。へえ、めぐみんあなた、やっぱり良い仲間に恵《めぐ》まれそうね」

「どっちなんですか⁉　というか、未来は変えられると言いましたね！　今更《いまさら》ながら、アクセルに行くのは悩《なや》ましくなってきたのですが……！」

そんな私の言葉に苦笑《くしょう》しながら。

「この未来は、変えられちゃうと困るわね。じゃあ、何も言わない事にしましょうか」

「教えてください！　凄《すご》く気になりますよ！」

楽しげに笑うそけっとに問うも、笑っているだけで教えてくれる気はなさそうだ。

「……まあ、あなた達はきっと大きな事を成し遂《と》げるでしょうね。やがて、この里にも何らかの災厄《さいやく》が降りかかるわ。その際にも、あなた達が関与《かんよ》する事になりそうね」

「何だか凄く抽象的《ちゅうしょうてき》な占いですね……。そけっとの占いは凄く具体的でよく当たると聞いていたのですが」

私の言葉に、そけっとは肩《かた》をすくめて苦笑すると、

「里の災厄の件は、きっと私も関《かか》わっているのよ。占い師は自分が関わる事に関しては占えないの。私が絡《から》んでいる場合は、水晶球に何も映らないのよね」

そう言って、水晶球の表面を軽く撫でた。

自分の事が正確に占えるのならいくらでも都合よく未来を変えられるだろうに、そう上《う》手《ま》くはいかないという事か。

そけっとも関係する事になる災厄……。

今回の騒動《そうどう》といい、この里に封印されているという数々の危なっかしい物といい、思い当たりそうな事が多すぎて見当もつかない。

「魔王《まおう》軍でも攻《せ》めてくるのかしらね？　まあ、それに備えてぶっころりーが、おかしな組織を作っているみたいだけど」

対魔王軍遊撃部隊《レッドアイ・デッドスレイヤー》ってやつの事だろうか。

…………。あれっ？

そういえば、ぶっころりーが未来の恋人《こいびと》を占ってもらった時には、水晶球に何も映らなかった訳だけど。

そけっと本人が関わっているのなら、水晶球には映らない……？

「ぶっころりーも、あれで仕事さえ見つかれば、それほど悪い男でもないと思うんだけどね。後はまあ、人をつけ回したりおかしな行動を起こすところも改善できれば、きっといい人が現れると思うんだけど。……めぐみん、どうしたの？　急にニヤニヤしちゃって」

「いえ、何でもありません。釣《つ》り合いが取れないなと思っただけです」

私の言葉に、釣り合い？　と首を傾《かし》げるそけっと。

「まあ、アクセルの街での暮らしは期待しときなさいとだけ言っておくわ。……いい事？　たとえどんなにセクハラされても、短気を起こしちゃダメよ？」

「私、誰かにセクハラされるんですか!?　それは仲間にですか!?　というか、それって本当に良い仲間達なんですか!?」


——店を後にした私の肩に、ちょむすけが爪《つめ》を立ててブランとしがみついていた。

爪が食い込んでちょっと痛いのだが、それどころではない。

旅に出る前からいきなり不安になる事を言われてしまった。

もういっそ、この里に引き籠《こ》もってしまおうか……。

「まあ、まずは里を出るだけのお金を貯《た》めなければなりませんからね。悩むのは後でもできます」

自分に言い聞かせる様にそう呟《つぶや》くと、肩に張りつくちょむすけを抱《だ》き直す。

もし残念な仲間達だったとしても、この私がサポートすればいいのだ。

――私の目的は二つ。

一つは、あのお姉さんに私の爆裂魔法《ばくれつまほう》を見てもらう事。

そしてもう一つは――

世界に蔓延《はびこ》るモンスター。そして賞金首や悪魔《あくま》達。

そんな、この世の猛者《もさ》達に証明するのだ。

爆裂魔法を習得した今、私こそが最強だという事を。

相手が邪神や魔王ですらも――

と、腕《うで》の中のちょむすけが、なぜかブルリと身を震《ふる》わせる。

私はそんなちょむすけを抱き直しながら、紅《あか》い瞳《ひとみ》を輝《かがや》かせた。

そう、この世界の強者達に我が爆焔《ばくえん》を――！

〈了《りょう》〉

STAFF

原作／暁 なつめ

作品はスニーカー文庫公式サイトにて連載されていた
『このすば』スピンオフです。
これを読まないと本編が分からなくなる
訳ではありませんが、読んでおくと本編で
ニヨニヨできる仕様となっております。
例えば、実はあのキャラが……!
……ページが足りない？　……この本の制作に
携わってくれた皆様、そして、読者様に深く感謝を!

イラスト／三嶋くろね

このお話読んでキマシタワーを何回したことやら。
次回もあなたの日常に爆焔を!

本文記事
あるえ

装丁
百足屋ユウコ（ムシカゴグラフィクス）
ナカムラナナフシ（ムシカゴグラフィクス）

編集
角川スニーカー文庫編集部

CAST

めぐみん
ゆんゆん
こめっこ
ちょむすけ

あるえ
かいかい
さきべりー
どどんこ
ねりまき
ふにふら

ぶっちん
ぶっころりー
そけっと

SPECIAL THANKS

ホースト
御剣響夜
紅魔の里の皆さん

『この素晴らしい世界に爆焔を! めぐみんのターン』

―完―

――その頃、あの勇者は。
この里に封じられるという、美しい女神様がいる地を探しているのだが…
先日、逃げたそうですよ?
え!?

この素晴《すば》らしい世界《せかい》に祝福《しゅくふく》を！スピンオフ

この素晴《すば》らしい世界《せかい》に爆焔《ばくえん》を！
めぐみんのターン

著　暁《あかつき》 なつめ

角川スニーカー文庫　18631

2014年7月1日　初版発行
2016年4月10日　10版発行

発行者　三坂泰二

発　行　株式会社KADOKAWA
〒102-8177 東京都千代田区富士見2-13-3
電話　03-3238-8521（カスタマーサポート）
http://www.kadokawa.co.jp/

印刷所　株式会社暁印刷
製本所　株式会社ビルディング・ブックセンター

Printed in Japan　ISBN 978-4-04-101866-8　C0193

★ご意見、ご感想をお送りください★
〒102-8078 東京都千代田区富士見 1-8-19
株式会社KADOKAWA　角川スニーカー文庫編集部気付
「暁 なつめ」先生
「三嶋くろね」先生

角川文庫発刊に際して

角川源義

第二次世界大戦の敗北は、軍事力の敗北であった以上に、私たちの若い文化力の敗退であった。私たちの文化が戦争に対して如何に無力であり、単なるあだ花に過ぎなかったかを、私たちは身を以て体験し痛感した。西洋近代文化の摂取にとって、明治以後八十年の歳月は決して短かすぎたとは言えない。にもかかわらず、近代文化の伝統を確立し、自由な批判と柔軟な良識に富む文化層として自らを形成することに私たちは失敗して来た。そしてこれは、各層への文化の普及滲透を任務とする出版人の責任でもあった。

一九四五年以来、私たちは再び振出しに戻り、第一歩から踏み出すことを余儀なくされた。これは大きな不幸ではあるが、反面、これまでの混沌・未熟・歪曲の中にあった我が国の文化に秩序と確たる基礎を齎らすためには絶好の機会でもある。角川書店は、このような祖国の文化的危機にあたり、微力をも顧みず再建の礎石たるべき抱負と決意とをもって出発したが、ここに創立以来の念願を果すべく角川文庫を発刊する。これまで刊行されたあらゆる全集叢書文庫類の長所と短所とを検討し、古今東西の不朽の典籍を、良心的編集のもとに、廉価に、そして書架にふさわしい美本として、多くのひとびとに提供しようとする。しかし私たちは徒らに百科全書的な知識のジレッタントを作ることを目的とせず、あくまで祖国の文化に秩序と再建への道を示し、この文庫を角川書店の栄ある事業として、今後永久に継続発展せしめ、学芸と教養との殿堂として大成せんことを期したい。多くの読書子の愛情ある忠言と支持とによって、この希望と抱負とを完遂せしめられんことを願う。

一九四九年五月三日

この素晴らしい世界に祝福を！
説家になろう」で話題沸騰の
異世界コメディがついに書籍化！
暁 なつめ
illustration 三嶋くろね
シリーズ絶賛発売中！
ゲームを愛する引き篭もり少年・佐藤和真は女神を道連れに異世界転生。ここからカズマの異世界大冒険が始まる……と思いきや、衣食住を得るための労働が始まる。平穏に暮らしたいカズマだが、女神が次々に問題を起こし、ついには魔王軍に目をつけられ!?
スニーカー文庫

神様《チート》ライフ
CHEAT LIFE
気がつけば毛玉
イラスト みわべさくら
気がつけば
「小説家になろう」で大人気のあの作家が、スニーカーデビュー!
ぐーたらな高校生・上月悠斗はVRゲームをプレイ中、謎の扉に足を踏み入れる。そこはゲームとは思えない生々しくリアルな異世界。大魔法使いである悠斗は試しに水を生み出す魔法を使ってみたところ村人達に"神様"と勘違いされてしまい!? 大志を抱かない少年が異世界を救い、名実ともに神となる救神譚が開幕!
シリーズ好評発売中!
スニーカー文庫

『メインヒロイン』を
探し出せなければ
人生《ゲエム》が終わ《オーバー》る！

これは、究極に理不尽な遊戯――

エンド・リ・エンド

END RE END

耳目口司 illヤス
Tsukasa Nimeguchi

自称悪魔のハムスターに導かれ、異世界転生を果たした御代田侑。そこは美少女の幼馴染みや義妹、転校生、先輩とのフラグが立ちまくるリア充世界だったが、再び現れた悪魔の言葉がすべてを変える――「お忘れデスか、これは悪魔のギャルゲーなんデスよ！」数多の女の子の中から『メインヒロイン』を探し出す、究極の騙し合い遊戯がスタート！

シリーズ好評発売中!!